SALEM

I Angharad, Meinir a Mai – fy chwiorydd rhyfeddol.

SALEM
HAF LLEWELYN

y Lolfa

Diolch i Mam am fy ysbrydoli bob amser gyda'i
sgyrsiau, ei hatgofion a'i sylwadau craff.

Diolch i Alwen a Jess am gael mynd efo nhw i chwilio
am furddunnod a gweu storiâu rhwng y cerrig.

Diolch i staff y Lolfa a'r Cyngor Llyfrau, a diolch diffuant
iawn i Meinir am ei gofal a'i hanogaeth bob amser.

Diolch i Sion am ei gefnogaeth barhaus.

Diolch arbennig hefyd i Mared Lenny
am greu clawr mor anhygoel.

Argraffiad cyntaf: 2023
© Hawlfraint Haf Llewelyn a'r Lolfa Cyf., 2023

Llun y clawr: Mared Lenny

Rhif Llyfr Rhyngwladol: 978 1 80099 295 5

Dymuna'r cyhoeddwyr gydnabod cymorth ariannol
Cyngor Llyfrau Cymru

Cyhoeddwyd ac argraffwyd yng Nghymru
ar bapur o goedwigoedd cynaliadwy gan
Y Lolfa Cyf., Talybont, Ceredigion SY24 5HE
e-bost ylolfa@ylolfa.com
gwefan www.ylolfa.com
ffôn 01970 832 304
ffacs 01970 832 782

"Brenin Salem, yr hyn yw Brenin heddwch."

Hebreaid 7, adnod 2

1

1908

Ddywedodd neb ddim byd am oriau wedi i'r heddwas adael. Aeth Mam i'w gwely er nad oedd hi ddim ond ganol bore, ac eisteddodd Nhad wrth y bwrdd a'i lygad ar gau. Doeddwn i ddim yn siŵr beth ddylwn i wneud. Roeddwn i eisiau mynd i fyny am Salem i weld oedden nhw'n eistedd y bore hwnnw, ond rywsut doeddwn i ddim yn siŵr oedd hynny'n briodol, a'r heddwas newydd fod yn dweud eu bod nhw wedi dod o hyd i'w dillad ar lan y môr.

Gŵr a gwraig yn mynd am dro ar hyd y pier oedd wedi sylwi ar rywbeth ar lan y dŵr. Darn o ddefnydd tywyll yn cael ei gario'n ôl a blaen gan y llanw, ac yna yn uwch i fyny ar y traeth, yn nes at y ffordd, roedd pâr o esgidiau bychan wedi eu gadael yn daclus. Pier Llandudno – mi faswn i wedi licio mynd yno i weld y pier rhyw ddiwrnod. Rydw i wedi darllen amdano, mae o'n bier hir, hir, yn ymestyn i mewn i'r môr, ac yn eistedd ar bileri haearn sydd wedi eu plannu yn y tywod.

Un dda am dynnu lluniau efo geiriau ydy Neta; pan ddaeth hi adre dros y Dolig, mi fuodd yn disgrifio'r dynion a'r merched crand yn mynd am dro, fel tasan nhw'n cerdded ar y dŵr yn eu dillad gorau, y plu ar hetiau'r merched yn gryndod i gyd, a ffyn y dynion yn rhoi clec ar y styllod pren. Roeddwn i eisiau mynd i Landudno i weld y pier a'r merched yn eu ffrogiau hirion, ond dydw i ddim yn meddwl y bydda i'n mynd yno rŵan.

Fy chwaer i ydy Agnes, neu Neta i ni. Na, fy chwaer i *oedd* Neta. Fy chwaer fawr. Gweini mae hi. Hi ddewisodd Landudno, meddai Mam, pan ddywedodd Mrs Jeffries fod Margaret, ei merch hi, wedi cael lle yn Lerpwl.

'Dim ond gweini byrddau ma Agnes chi yn Llandudno, ia? Mae Margaret, dachi'n dallt, wedi gneud yn dda, mae hi efo teulu agos at eu lle yn Lerpwl.'

A llais Mrs Jeffries yn mynd i lawr a chodi eto wrth ganu'r gair Ler-pwl.

'Agnes ddewisodd Llandudno, mi gafodd hitha gynnig Lerpwl hefyd,' oedd ateb Mam, a wnaeth hi ddim aros yn Wenallt Stores wedyn.

Hen drwyn ydy Mrs Jeffries, ond mae Mam ar ei chyfer hi.

'Gad iddi,' meddai Nhad, pan ddaeth Mam adre a'i bochau'n goch. 'Gad iddi feddwl ei bod hi'n well. Waeth gen i lle mae Neta. Mi fasa well o lawer gen i tasa hi adra, ac mae hi'n agosach at adra yn Llandudno na fasa hi yn Lerpwl.'

Ond wfftio wnaeth Mam. Mi fasa hi wedi licio i Neta fynd i Lerpwl, efallai y basa hi wedi cyfarfod capten llongau neu rywun felly yno, ac wedi dod yn ddynes fawr – er fedra i ddim gweld Neta'n ddynes fawr chwaith. Tebyg i Nhad ydy Neta, cymryd pawb fel y dôn nhw, heb ffŷs; chwerthin fyddai Neta wrth weld pobl fel Mrs Jeffries – oedd eisiau bod yn ddynes fawr, ond yn baglu yn ei charai sgidiau pob gafael.

Roedd Mam yn falch fod Neta wedi cael cyfle i fynd i rywle, nid fel hi, oedd wedi aros yn yr un hen rigol ddydd ar ôl dydd.

Ond roedd hyn cyn i'r heddwas ddod yma efo'r newyddion am ddillad Neta. Wnaethon ni ddim byd trwy'r dydd wedi iddo adael; mi aeth Nhad allan i'r cefn i chwynnu chydig ar y rhesi llysiau cochion, a rhoi prenia i ddal y ffa. Wnaeth Mam druan ddim codi, ac mi es i â phaned o de i fyny iddi cyn mynd i 'ngwely.

Ddoe oedd hynny. Bore 'ma roedd Nhad wedi mynd i fyny am Gwm Nantcol cyn i neb godi, mynd i weithio yn y gwaith manganîs. Fo sy'n gofalu am y wagenni, yn gwneud yn siŵr fod pob dim yn rhedeg yn iawn. Biti na fasa fo wedi galw pan oedd o'n cychwyn, mi faswn i wedi cerdded cyn belled â chapel Salem efo fo, ond roedd o'n cychwyn yn rhy fore a finnau'n dal yn fy ngwely. Welwn ni mohono fo rŵan tan nos Wener, mae Nhad yn aros yn y barics, ac mae'n gas gen i ei weld yn mynd ar fore Llun, gan wybod mai dim ond Mam a fi fydd ar ôl yma trwy'r wythnos.

Mam sydd ofn be ddywedith pobl o hyd.

'Gneud gwaith siarad,' meddai hi'n ffyrnig dan ei gwynt, fel tasa hynny'n fwy o boen arni na dim. A finnau'n teimlo'r frechdan ges i i frecwast yn aros yn swmp yn fy stumog, yn gwrthod mynd i nunlla. Os dôn nhw o hyd i gorff Neta, mi faswn i'n licio ei gweld hi'n cael dod adre a'i rhoi yn y pridd yn y fynwent yn fan hyn, fel 'mod i'n cael mynd yno i osod blodau.

'Na, nid felly maen nhw'n gneud efo pobol sy'n... marw fel'na,' meddai Mam. 'Ond be fedra i ddeud wrthyn nhw ddydd Sul, Gwenni?'

Nid gofyn i mi oedd hi – doedd hi ddim yn disgwyl ateb gen i. Gofyn iddi hi ei hun oedd hi.

'Ella nad oes yna neb yn gwybod am Neta eto, Mam.'

Dwi'n trio dweud hynny wrthi, drosodd a throsodd, nes mae hi'n troi arna i'n diwedd.

'Wrth gwrs eu bod nhw'n gwybod am Neta, paid â bod mor hurt, Gwenni. Mae pawb yn gwybod pob dim yn Llanbad, a phan wna i fentro 'mhen tu allan i'r drws yna, mi fydd yna lygaid yn sbio arna i rhwng dail aspidistra, i fyny ac i lawr y stryd 'ma.'

Yr eiliad honno, roeddwn i'n falch fod Nhad wedi mynd i'w waith. Pan fyddai Mam yn poeni am be fyddai pobl Moriah yn feddwl, mi fydda fo'n mynd o'i go'n lân, ac yn rhegi.

'Nhw â'u trwyna main a'u llygaid ffurat,' a'i ddwrn o'n taro'r bwrdd, nes gwneud i'r llestri dydd Sul grynu a'r llwyau te neidio oddi ar y soseri. 'Y diawliad a'u rhagrith – eu dwylo budron yn crwydro, ac wedyn be? A merched bach diniwed fel Neta allan ar eu pennau, eu hel allan pan maen nhw fwyaf angen cynhaliaeth.'

'Ifor!' Mi fyddai Mam yn codi i drio rhoi trefn wedyn ar y llestri te. 'Gwylia dy dafod. Cofia fod Gwenni yma.'

'Mae o'n wir, Megan, a dyna pam na weli di gysgod 'nhin i'n agos at y lle.'

'Paid â siarad fel'na am dŷ Duw.'

'Nid dyna ydy o! Tŷ Duw o ddiawl.'

Ond heddiw doedd Nhad ddim yma. Fyddai ddim rhaid iddo basio Moriah ar ei ffordd i'w waith, ond roedd yn rhaid iddo fo basio pedwar capel arall.

Aeth Mam ati wedyn i godi matiau – pob un mat yn y tŷ, eu llusgo allan a'u rhoi ar y wal sydd rhwng y llwybr a'r ardd gefn. Dim ond Albert Richard sy'n defnyddio'r llwybr heblaw amdanon ni, a tydy Albert Richard ddim yn debygol o ddweud dim, achos fydd o ddim yn codi ei ben oddi ar gerrig y llwybr i gydnabod neb. Felly mi fydd Mam yn saff yn y cefn.

A fan'no gadawes i hi, yn labio'r matiau efo'r fath nerth, fel na fasa 'run edefyn ar ôl arnyn nhw.

Rhedeg wnes i, rhedeg heibio'r eglwys ac ar hyd y stryd, ac er i mi redeg, mi fedrwn ddal weld y llenni'n symud. Roedd

Mam yn iawn, roedden nhw'n gwylio y tu ôl i wydrau'r ffenestri, ond doedd waeth gen i amdanyn nhw.

Pan gyrhaeddais i Bentre Gwynfryn, roeddwn i wedi colli 'ngwynt, ac mi es i sefyll am ychydig ar y bont bren, i wylio'r afon yn rhuthro'n wyn. Mi fyddwn i'n mynd i eistedd weithia ar y cerrig yn fan hyn, mae yna fwsogl arnyn nhw fel arfer, ond ar ôl lli mawr y dyddiau diwethaf mi fydd y mwsogl wedi mynd. Wrth droi yn ôl am y ffordd dwi'n ei weld o'n pasio – y peintar – ac mae ei feic o cyn wyrdded â'r mwsogl. Dydy o ddim yn fy ngweld i, felly dwi'n rhedeg at y ffordd, heibio'r capel sy'n dywyll o dan gysgod y coed, a dwi'n gallu ei weld yn gwibio am Bont Beser. Mae'r beic yn llwythog, pethau peintio ydyn nhw mae'n debyg, brwshys a dwn i ddim beth arall. Dydw i erioed wedi gweld peintar o'r blaen, mae lliw'r beic yn ddigon i ddweud nad ydy o o ffor' hyn.

Dwi'n rhedeg ar ei ôl ond mae o'n rhy gyflym. Dwi'n gwybod ei fod wedi mynd am Salem, felly rydw innau'n troi am y Cwm, a phan dwi'n cyrraedd y capel, dwi'n gweld fod y beic wedi ei osod i bwyso ar wal y fynwent. Dwi eisiau ei gyffwrdd, i weld os ydy o'n oer, yr un fath â'r mwsogl, ond wna i ddim, rhag ofn i mi wneud rhywbeth i'r beic a dod â mwy o helynt ar ein pennau ni fel teulu. Dwi'n cofio am Mam yn labio'r matiau.

Mae'r drws yn gilagored, ond wna i ddim mentro trwy'r glwyd ac i'r llwybr o flaen y capel, rhag ofn i'r peintar ddod allan i nôl rhywbeth oddi ar y beic a 'ngweld i. Yn lle hynny, dwi'n mynd rownd i'r cefn. Mae carreg yno o dan y ffenestr, a dwi'n dringo arni. Ond y cwbl fedra i weld ydy cefn Mrs Owen, Ty'n y Fawnog. Dwi'n cymryd mai dyna pwy ydy hi, wela i mo'i hwyneb hi o gwbl, dim ond corun yr het yn ymestyn am y to. Dwi'n licio lliwiau'r siôl, mae hi'n un grand, mi fasa Mam wedi ei licio hi ar y bwrdd yn y parlwr gora, o dan y Beibl Mawr.

Wedyn dwi'n sylwi ar Owen Siôn, Garlag Goch. Mae o'n cymryd arno ei fod o'n gweddïo, ond o fan hyn dwi'n gallu gweld nad ydy ei lygaid o ar gau, ac mae pawb yn gwybod fod yn rhaid i chi gau eich llygaid wrth weddïo, neu dydy'r weddi ddim yn mynd i fyny i'r nefoedd at Dduw, a cheith hi ddim ei hateb.

Tybed wnaeth Neta weddïo ar Dduw i'w helpu hi, pan wnaeth hi ddeall fod yna fabi yn tyfu yn ei bol hi? Tybed wnaeth hi weddïo yn y capel mawr yna, ac i'r weddi fynd yn sownd rhwng y patrymau plastar ar y to? Dwi'n meddwl ei bod hi'n haws i weddïau gyrraedd Duw mewn capel bach fel Salem – does yna ddim trimins ar y to a'r waliau i'r geiriau gael eu dal, dim ond plastar gwyn, glân. Dwn i ddim. Ond dwi'n gwybod nad ydy Owen Siôn yn gweddïo o ddifri. Ella nad ydy o ddim angen gweddïo, mae o'n fodlon ei fyd. Mae Owen Siôn yn hen, ac wedi rhoi'r gorau i nôl blawd yn ei long fechan a dod â hi i mewn i gei Pensarn, felly mae o'n reit saff â'i draed ar dir sych, solat.

Mae'r peintar yn un o'r seti wrth y drws. Dwi'n syllu arno fo. Welais i erioed neb tebyg iddo, fel aderyn diarth. Mae ei ddillad o wlanen denau, golau, ddim yn arw a llwydfrown fel dillad pawb ffor' hyn. Mae ganddo fo drowsus pen-glin a sanau melyn, a rhywbeth tebyg i hances sidan am ei wddw. Mae o'n ddyn hardd ac yn edrych yn ddifrifol ar bawb. Mae Owen Siôn yn anesmwyth, yn symud bob munud, ac mae'r peintar yn dod o'i sêt lle mae o'n peintio, yn sefyll o flaen Owen Siôn ac yn dweud rhywbeth. Dwi ddim yn meddwl ei fod o'n dweud y drefn, ond mae Owen Siôn yn codi a dim ond ei gefn o wela i'n mynd am y drws.

Wedyn mae'r peintar yn codi ei ben yn sydyn, ac yn edrych yn syth tua'r ffenestr. Dwi'n rhewi, a fedra i ddim symud, mae o wedi 'ngweld i. Ydw i mewn helynt rŵan am fusnesu? Ond tydy'r peintar ddim yn cymryd arno, mae ei lygaid o'n ffeind, ac mae o'n mynd yn ei ôl at ei baent a'i frwshys heb ddweud dim.

Mi es i lawr wedyn o ben y garreg, a hel tipyn o filddail a chlychau'r eos, eu lapio nhw mewn mwsogl a mynd â nhw adre at Mam.

2

2016

'Dwi ddim yn mynd. Does 'na ddim pwynt, nag oes? I be dwi angen mynd at y dyn *careers*?'

'Achos ella medr o ddeud wrthat ti lle dylat ti fynd i'r coleg.'

'*As if...*'

Mae'r olwg ar ei hwyneb hi'n dweud wrtha i fod y sgwrs ar ben. Mae hi'n troi wedyn ac yn cipio ei ffôn oddi ar y bwrdd ac yn mynd. Ac rydw innau'n brathu 'ngwefus, dwi wedi methu eto. Pam na fedra i adael iddi, mi ddaw at ei choed ond iddi gael llonydd, ond fedra i ddim, mae yna rhyw gythral ynof fi sy'n mynnu ffraeo a thaeru efo hi bob cynnig.

Faint ydy oed plant pan maen nhw'n dod at eu coed? Dwi'n chwilio ar Google – *How to handle adolescent daughters*. Dwi'n cael tudalennau ar ôl tudalennau o reolau a thips gan seicolegwyr addysg ar sut i gysyllt'u'n emosiynol gyda fy merch un ar bymtheg oed.

Rhif un: *Ignore the eye roll*.

Yn ôl Google dwi fod i'w anwybyddu, ac wedyn sôn am y peth pan mae pawb yn fwy gwaraidd, fel pan fyddwn ni wrth y bwrdd yn cael swper. Amser hynny dwi i fod i grybwyll y peth yn sensitif a meddylgar efo geiriau fel – 'Ti'n gwybod, cariad, pan ti'n rowlio dy lygaid arna fi, dwi'n ei chael hi'n anodd cael sgwrs aeddfed efo chdi...'

Dwi'n sylweddoli fod yna ambell i rwystr yn fan'na. Fyddwn

ni ddim ond yn cael swper efo'n gilydd pan awn ni â bwyd bocs draw at Nain a taswn i'n dweud y geiriau 'sgwrs aeddfed' wrth Ceri mi fasa hi'n tagu ar ei tsips.

Felly waeth i mi adael i bethau fod am y tro. Sgwn i ydy hithau'n gwglo, 'Faint ydy oed rhieni pan maen nhw'n dechra deall fod y geiriau *'Dwi ddim yn mynd i'r un coleg'* yn golygu nad ydw i ar unrhyw gyfrif am dywyllu drws yr un coleg, ac y byddai'n well gen i fwyta un o fy mreichiau fy hun?'

Dwi'n cipio fy ngoriadau a fy mag ac yn sgrialu am y car, achos dwi wedi ei gadael hi'n rhy hwyr i gerdded heddiw eto. Dwi wir yn casáu boreau dydd Mawrth, achos mae gen i ddosbarth anodd peth cynta, a ddim un wers rydd. Wel, tydy hynny ddim yn wir, mae gen i wers rydd i fod, ond dwi wedi gwirfoddoli i roi sesiwn ddarllen efo criw o fechgyn Blwyddyn 8. Dwi'n dweud *gwirfoddoli*, ond wnes i ddim go iawn, achos mae gwirfoddoli yn golygu eich bod chi'n gwneud rhywbeth 'o'ch gwirfodd', ac o dorri'r gair yn ddau mae yna ddwy elfen sef – *gwir* a *bodd*. Ond tydy rhoi gwers ddarllen yn fy unig gyfnod rhydd i grŵp o hogiau Blwyddyn 8 ddim yn cyd-fynd gyda'r un o'r elfennau yn y gair. Y Pennaeth wnaeth edrych arna i mewn cyfarfod adran un nos Fawrth a dweud rhywbeth fel, 'A dim ond chi felly, Ms Hughes, sydd ddim yn cymryd grŵp darllen, ie?'

A tasa hynny ddim yn ddigon o dân ar groen, mae hi'n noson hwyr eto heno. A does gen i ddim byd i ginio, sy'n golygu y bydd yn rhaid i mi fentro i'r cantîn neu lwgu.

Dwi'n penderfynu ar ôl y sesiwn ddarllen 'mod i'n casáu llyfrau wedi eu marchnata ar gyfer hogiau, rhai sydd i fod i wneud i hogiau 'gysylltu' efo darllen, llyfrau sydd efo straeon am hen wragedd lloerig, tronsys a thoiledau. Wythnos nesa dwi am ddod â nofel Dickens efo fi, iddyn nhw gael gweld beth ydy cael cam go iawn. Dickens neu'r *Guinness Book of Records*.

Dwi'n gadael i fy meddwl grwydro, tra mae'r Pennaeth Adran yn sôn am gynlluniau gwaith a grwpiau targed. Mae hi'n mynd yn ei blaen i drafod y grŵp rydan ni wedi ei dargedu i drio cyrraedd gradd C yn eu harholiadau. Mae hi'n rhannu papurau efo lliwiau arnyn nhw. Dwi'n trio stopio fy llygaid rhag rowlio, ond yn methu.

Mae'r lliwiau yn dynodi pa mor debygol ydy'r disgyblion o lwyddo. Gwyrdd – maen nhw'n sicr o lwyddo; melyn – yn debygol efo chydig o berswâd. Yna mae pethau'n simsanu, oren –yn annhebygol ac mae'r golofn goch yn, wel... Dwi'n taro fy llygad ar hyd yr enwau. Mae yna golofnau efo dau neu dri o enwau mewn gwyrdd, ambell un yn felyn, pump neu chwech mewn oren a'r gweddill yn goch. Mae 'nghalon i'n suddo. Dwi'n adnabod y criw yma'n dda, maen nhw'r un oed â Ceri, a does yna ddim byd yn llai blaenllaw yn eu meddyliau nhw na chael C neu uwch mewn arholiad Llên. Dwi'n sylwi fod enw Ceri'n oren, neu efallai mai melyn ydy hi, mae'r inc wedi dechrau gwanio, felly mae'n anodd dweud i sicrwydd. Fedra i feiddio gobeithio ei bod hi'n felyn? Ond yna dwi'n sylweddoli nad ydy o fawr o bwys pa liw ydy o.

Dwi'n gadael yn syth pan mae Nia, y Pennaeth Adran, yn dechrau hel ei phapurau a dwi'n gadael y dogfennau mae hi wedi eu rhannu efo ni ar y bwrdd. Dwi'n meddwl fod hynny'n eithaf herfeiddiol, fel taswn i'n dweud nad ydy o bwys gen i be gaiff y criw yma yn eu harholiadau, 'mod i wedi gwneud beth fedra i, ac mae arnyn nhw mae'r cyfrifoldeb rŵan i basio neu fethu. Ond dydy gadael papurau ar fwrdd ddim wir yn weithred herfeiddiol. Ond y bwrdd yna ydy fy Sgwâr Tiananmen i.

Dwi'n gyrru tecst at Ceri i ddweud wrthi am fynd i dŷ Nain, ac y dof i â chebáb neu rywbeth draw yno. Mi fydd Nain wedi cynhesu'r platiau yn barod a rhoi cyllyll a ffyrc ar y bwrdd. Dwi wedi prynu tri cebáb pan dwi'n cael neges gan Ceri nad ydy hi am ddod, ei bod wedi cael swper yn barod, a'i bod am fynd draw at Dafydd. Iawn. Cebáb a hanner yr un i Nain a finnau felly.

'Lle mae hi heno?' Mae cwestiwn Nain yn cadarnhau ei barn mai hogan wirion, benchwiban, ydy fy unig epil a'i hunig or-wyres hi, ac mai arna i mae'r bai am hynny.

'Wnest ti ofyn am sôs garlleg?' mae hi'n gofyn, ac yn codi'r bara i graffu rhwng y letys ar waelod y bocs. Mae ei chraffu yn cadarnhau hefyd nad ydw i ddim hyd yn oed yn ffit i fynd i brynu têc-awê heb wneud smonach o bethau.

'Naddo, sori Nain, roedd hi'n andros o brysur yno, a chofies i ddim byd.' Mae'n rhaid 'mod i wedi ochneidio heb feddwl, a rhoi 'nghyllell a fforc i lawr.

'Ta waeth,' meddai hithau, 'paid â chymryd atat fel'na.'

'Fasach chi'n licio mymryn o *mayonnaise*?' Dwi'n estyn y botel iddi, ac mae hi'n edrych arna i a'i phen ar un ochr, ac yn gwenu.

'Nid sôn am y sôs ro'n i, Beca.'

'O.'

Rydan ni'n dwy yn gorffen ein cebáb mewn distawrwydd. Dwi'n meddwl am Ceri, a lle mae hi, ac ydy hi wir efo Dafydd neu yn rhywle arall.

'Paned?'

Fi ddylai godi i wneud y baned, ond mae Nain wedi cael y blaen arna i, fel efo rhan fwyaf o bethau.

Dyma hi – Olwen Agnes Ellis, mam fy mam, y fam na ches i ddod i'w hadnabod. Olwen Agnes, fy nain, ond yr un a'm magodd i fel ei merch, wedi iddi golli ei merch ei hun – Eirlys. Ond mi ges i bopeth gan Nain a Taid. Dyn y cysgodion fu

Taid erioed. Nain oedd gyrrwr y bws – dim ond teithiwr oedd Taid.

Mae hi wedi ymddeol ers dros bum mlynedd ar hugain, ond yn dal yn brifathrawes. Dwi'n gwrando arni yn y gegin gefn yn nôl y llestri, yn eu rhoi ar yr hambwrdd, yn estyn am y llaeth, yn tywallt y dŵr berw ar ben y dail, ac yn gosod y caead yn ôl ar y tebot tsieina. Dwi'n aros, ac yn clywed dror yn agor ac yn cau. Dwi'n nôl fy ffôn o 'mhoced – dim neges gan Ceri. Dwi'n ystyried danfon tecst ati, ond mae Nain yn ei hôl efo'r hambwrdd.

'Gad iddi, Beca.'

'Fuoch chi'n yr atig heddiw, Nain?' Mae hi wedi penderfynu clirio. Fi wnaeth sôn y diwrnod o'r blaen am y freuddwyd yna sy gen i – rhoi'r gorau i 'ngwaith a dechrau stondin hen betha yn y farchnad efo Bert.

'Mae yna lot o bobol yn prynu petha *vintage*, 'chi, Nain,' meddaf i, a hithau'n ateb,

'Oes, mwn, yn rhoi arian prin am lanast hen bobol.'

Ers hynny mae hi wedi bod yn mynd i fyny i'r atig bob bore i drio clirio, ac yn cario rhyw fanion i lawr efo hi.

Mae hi'n gosod yr hambwrdd ar y bwrdd, ac yn estyn am y cwpanau.

'Tywallt di.' Ac o boced ei chardigan mae hi'n tynnu amlen, ac yn ei gwthio ata i ar draws y fformeica. 'Ffendish i hwn heddiw. Dwi wedi penderfynu taflu, sti. Fydda i ddim byw am byth, na fydda, ac ella bydd yn rhaid i mi fynd i gartra neu rwbath rhyw dro, a dwi ddim am adael pob math o nialwch a llanast ar fy ôl.'

'Ddyliach chi ddim mynd i fyny i'r atig ar ben eich hun, Nain. Mae'r grisia'n rhy serth, a chofiwch nad ydach chi i ddod â bocsys i lawr rhag i chi faglu.'

'Dwi'n iawn, Beca, jyst edrych trwy betha ydw i, trio meddwl be sydd angen eu cadw, ond petha *dwi* isio eu cadw ydyn nhw, cofia. Mi gei di daflu be bynnag, neu fynd â nhw i'w gwerthu, fel lici di. Fydda i ddim dicach yn fy medd, na fydda?'

'Wnewch chi ddim dod 'nôl i aflonyddu arna i, na newch?' Dwi'n chwerthin, er braidd yn anesmwyth.

'Dy ddychymyg di fydd yr unig beth aflonyddith arnat ti, Beca fach.'

Mae hi'n symud yr amlen yn nes eto. 'Agor o.'

Mae'r amlen yn frau, a dwi'n ei hagor yn ofalus. Mae yna ddarn o bapur tena ynddo a darlun bach digri o feic wedi ei ddarlunio arno mewn paent gwyrdd. Mae yno ffotograff hefyd. Llun merch ifanc mewn het, ei blows wen wedi ei chau â rhuban, a'i sgert dywyll yn ymestyn at ei fferau. Mae hi'n edrych yn syn ar y camera, fel tasa hi wedi diflasu ar yr holl beth.

'Ti'n debyg iddi, sti.'

'Ydw i?'

'Wyt.'

'Pwy ydy hi?'

Ar gefn y llun mae'r enw *Agnes 1908 (Neta)*.

3

1908

Mae yna ambell un yn edliw mai dewis Mrs Owen Ty'n y Fawnog wnaeth y peintar, ambell un fel Lizzie. Ond dydw i ddim. Pam na ddylia hi gael ei pheintio? Mae hi'n hen ddynes nobl, yn barod ei gwên a hithau'n wraig weddw ers blynyddoedd ac wedi gweithio'n galed i fagu'r mab, ac wedyn wedi magu'r ddau hogyn yna, Robert a George. Mae'n rhaid fod ganddi fynadd santes achos mae 'na waith efo nhw, yn ôl Mam. Ond ysgwyd ei ben mae Nhad, gan ddweud o hyd na fasa fo wedi cael lle yn y gwaith manganîs o gwbwl oni bai am George Owen, ei gŵr hi. Hen ddyn agos at ei le oedd yntau.

'Na, mae'n iawn iddi gael gneud. A ph'run bynnag, mae dy nain di'n rhy hen i sefyll am oria, ac yn rhy simsan ar ei thraed,' dwi'n ateb Lizzie.

Lizzie sy'n mynnu dweud pethau annifyr, ond dim ond ailadrodd be mae hi wedi'i glywed mae hi wrth gwrs.

'Nid isio i Nain gael sefyll ydw i, Gwenni, fasa Nain ddim isio beth bynnag. Nage siŵr. Methu deall pam na fasa'r peintar wedi dewis rhywun mwy, wel, mwy *proper*. Cymryd benthyg y siôl a'r het mae Mrs Owen wedi gneud, 'te? Does ganddi hi ddim siôl fel'na nag oes, ac mae hi'n hen. Fasa'n well i'r peintar fod wedi dewis gwraig y ficar i sefyll, yn lle gofyn am gael benthyg y siôl ganddi. Mae gwraig y ficar yn ddynas smart, a dipyn bach o *presence* ganddi. Gweld y peintar yna'n ddigywilydd yn gofyn i wraig y ficar am fenthyg siôl, ac wedyn ddim yn rhoi cyfle iddi fod yn y *painting* ei hun.'

Dwi ddim yn siŵr be mae Lizzie'n feddwl, ond dwi'n flin efo hi am feirniadu Mrs Owen a'r peintar, achos dwi'n cofio'r wên roddodd i mi pan welodd fi yn y ffenestr. Dwi ddim yn dweud dim wrth Lizzie am hynny. Fasa hi ddim ond yn dweud amdana i.

Dwi'n cerdded yn fy mlaen, ac mae Lizzie yn stelcian. Ydan ni wedi ffraeo rŵan? Dwi ddim eisiau ffraeo efo Lizzie, achos mae gofyn bod ar yr ochr iawn iddi. Tybed oedd y peintar eisiau rhywun efo *presence*, neu oedd o'n chwilio am rywbeth arall i'w roi yn ei lun? Does gen i ddim syniad pam fod pobl yn peintio lluniau fel yna. Faswn i ddim eisiau llun pobl yn plygu pen mewn capel ar y wal, mi fasa'n well gen i lun blodau neu goed neu angylion. Mae gynnon ni lun o Evan Roberts y Diwygiwr uwchben y bwrdd yn y gegin, achos mae Mam yn dweud mai hwnnw ydy'r dyn tebycaf i Dduw y gŵyr hi amdano. Mae hi'n edrych ar Nhad wrth ddweud hynny, ond dydy Nhad ddim yn codi ei ben o'i bapur, ac mae Mam yn gwneud sŵn clician efo'i thafod, yn rhwbio ei dwylo i fflatio defnydd ei ffedog ac yn clirio'r llestri'n swnllyd.

Mi faswn i'n licio gofyn i'r peintar fasa fo'n medru tynnu llun o Neta, i mi gael cofio ei hwyneb hi. Ond mae'n rhy hwyr rŵan achos mae Mam yn dweud ei bod wedi cael gwared o'r unig lun oedd gen i – hwnnw yrrodd hi adre ar ôl cyrraedd Llandudno.

Mae Lizzie wedi mynd o fy mlaen i am adre heb ffarwelio. Pan dwi'n cyrraedd y tŷ, dim ond Mam sydd yno, yn hwylio'r bwrdd at swper. Dwi'n cael ordors i fynd i nôl dŵr, mae Nhad yn yr ardd ac mae Rhobat Williams Caermeddyg yno efo fo.

Mae Nhad wedi nôl y gribin iddo fo fynd â hi i'w thrwsio yn ei weithdy yng Nghaermeddyg.

Yn ôl Rhobat Williams mi fuodd y peintar yno yng Nghaermeddyg rai blynyddoedd yn ôl, ac mi beintiodd lun rhyw ddynes yn pwyso ei hwyneb i'r fatras plu yn llofft, fel tasa hi'n crio. Llun o alar ydy o, meddai gŵr Caermeddyg wrth Nhad, a'i fod yn cynrychioli'r anobaith sy'n dod efo galar a cholled. Dwi ddim yn siŵr be mae hynny'n ei feddwl yn hollol, ond mi aeth Mam i'w gwely a chrio am oriau ar ôl clywed am Neta.

Mae'r ddau yn pwyso ar y wal ac yn edrych ar yr ardd.

'Ddoi di'n ôl i'r capal, Ifor?' Mae Rhobat Williams yn studio'r ffa, fel tasa fo ddim eisiau sbio ar wyneb Nhad. 'Mae 'na gyfarfod gweddi nos fory.'

'Na ddof, Rhobat, does yna ddim byd yno i mi bellach, waeth i mi heb, sti.'

'Mi fydda i'n gweddïo drosoch chi i gyd, a thros Neta druan, wsti.'

'Mae'n rhy hwyr yn tydy, Rhobat, i weddïo drosti.'

'Dros ei henaid hi rydan ni'n gweddïo, yntê, ac yn erfyn arno Fo i'w derbyn hi i'w fynwas.'

Mae Nhad yn rhoi chwerthiniad fach wedyn, neu pesychu wnaeth o ella, ond mae o'n ysgwyd ei ben.

'Dwi ddim isio bod yn hen gythral di-ddiolch, Rhobat, rydan ni wedi bod yn ffrindia erioed. Dwi ddim yn deud hyn yn amharchus, cofia, ond twyllo faswn i, yndê? Twyllo faswn i taswn i'n dod i'r capal rŵan, a finna â'r düwch 'ma yn fan hyn.' Mae Nhad yn rhoi ei law ar ei frest, ond tydy Rhobat Williams ddim yn gweld achos mae o'n dal i astudio'r planhigion ffa.

'Mae'n ddrwg gen i, Ifor, wir ddrwg gen i, cofia. Hogan dda oedd Neta, hogan bropor, a chitha wedi ei magu hi'n iawn.'

Mae Nhad yn rhoi ei law dros ei lygaid wedyn a dwi'n ei chael hi'n anodd sbio arno fo, ac eto fedra i ddim peidio. Mae Rhobat Williams yn mynd yn ei flaen:

'Mi ddeudodd rhywun o'r diwygiwrs, sti, mai tri gelyn sydd yn ein herbyn ni – y byd, y cnawd a'r diafol – ond bod y Drindod wedi gneud cyfamod i'n codi a'n harbed ni rhagddyn nhw. Ty'd yn dy ôl aton ni i Gefncymera, Ifor, mi fyddi di angen mwy na ti dy hun i ddod dros hyn.'

'Ond *nhw* yrrodd Neta i neud be ddaru hi, fedri di ddim gweld hynny? Mi gafodd ei hel o'r capal gan y rhai oedd i fod i gadw'i chefn hi. Troi ar hogan ifanc mewn trallod fel'na. Oes yna rywun wedi diarddel y cythral wnaeth ymosod arni hi, a'i chamdrin hi? Dim diawl o beryg, mae hwnnw â'i draed yn rhydd o hyd. Doedd gen i fawr o feddwl o'r diaconiaid a'r gweinidogion a'r diwygiwrs fel roedd hi, Rhobat, fel gwyddost ti'n iawn. Ond rŵan, wel, fedra i ddim madda, wel'di, mae meddwl amdanyn nhw'n corddi 'ngwaed i, nhw a'u rhagrith ddiawl.'

Ddywedodd Rhobat Williams ddim byd wedyn ac aeth Nhad ati'n hegar i dynnu dipyn o ffa, a'u lapio mewn papur.

'Ddrwg gen i,' medda fo gan wthio'r ffa i law Rhobat Williams. 'Ddrwg gen i dy siomi di.'

'Ty'd heibio am dro, Ifor, mi fasa Elen a finna'n licio'ch gweld chi'n galw. Mi roedd Elen yn deud bore 'ma nad oedd hi wedi gweld Megan ers wythnosa. Sut mae hi, Ifor?'

'Fel basat ti'n disgwyl, wedi cymryd ati'n ofnadwy. Mi ddown ni i fyny i Gaermeddyg un o'r dyddia 'ma, ond tydy Megan ddim wedi medru mynd allan eto. Mi ddaw.'

'Dyna ti, mi fydda i wedi trwsio'r gribin i ti, os doi di fyny i'w nhôl hi.'

Dwi'n gwylio Rhobat Williams yn mynd i lawr y llwybr

rhwng y llwyni rhosod bach, y gribin yn un llaw a'r ffa yn y llall. Saer ydy o, ac mi fydd wedi rhoi dannedd newydd yn rhes arni mewn chwinciad.

Dwi'n meddwl bod y peintar wedi cael un peth yn iawn beth bynnag. Mae Rhobat Williams, Caermeddyg yn haeddu bod yn y pictiwr, achos mae o'n ddyn da, a dwi'n gwybod pan fydd o'n plygu pen a chau ei lygaid yn y sêt, ei fod o'n gweddïo go iawn. Dwi hefyd yn gobeithio y bydd o'n gweddïo dros enaid Neta yn y cyfarfod gweddi nos fory, achos mae Lizzie yn dweud mai i Uffern mae pobl sydd yn gwneud fel wnaeth Neta yn mynd, a fedra i ddim diodda meddwl amdani yn fan'no. Dwi ddim yn dweud wrth Nhad ei fod o'n anghywir am Mam; ei bod hi *wedi* codi allan, a'i bod hi'n mynd i'r seiat a'r cyfarfod gweddi. Dwi ddim yn dweud achos fydd hynny ddim ond yn ei wneud yn fwy anesmwyth, a chan ei fod o i fyny yn y barics yn ystod yr wythnos, fydd o ddim callach.

Cyrhaeddodd yna barsel ben bore 'ma, o Landudno. Rhoddodd Mam o ar y bwrdd a'i adael yno, a phan ddois i adre o'r ysgol mi roedd y parsel yn dal yno heb ei agor, a Mam yn mynd rownd iddo fo fel tasa yna fwystfil rheibus yn aros o fewn plygiadau'r papur llwyd.

'Dach chi isio i mi fynd â fo i fyny i'r llofft?' dwi'n gofyn. Mae Mam yn edrych mor druenus, a fedra i ddim diodda ei gweld hi'n gwylio'r peth fel yna.

Dwi'n ei roi dan fy nghesail a'i gario i fyny i'r llofft cefn, y llofft roeddwn i'n ei rhannu efo Neta. Dwi'n gosod y parsel ar y gwely, ac yn meddwl a ddylwn i ei agor, neu aros tan i Nhad ddod adre heno. Pan mae Nhad yn cyrraedd, mae'n rhaid fod Mam wedi dweud wrtho am y parsel, achos mae'n dod i fyny i'r llofft ac yn codi'r parsel, cyn agor y cortyn. Ei dillad hi sydd ynddo fo – ei blows wen, a'i sgert, pais a dillad isa, sanau gwlân, dwy hances a chrib gorn, clasb gwallt a'r Beibl Bach gafodd hi gan Moriah pan gafodd hi ei derbyn. Mae Mam yn dod i'r drws ac yn edrych ar y bwndel bach truenus ar y gwely.

'Dydyn nhw ddim wedi gyrru ei sgidia hi?' mae hi'n gofyn. 'Mi roedd ganddi sgidia da, rheiny gafodd hi llynedd o siop Meirion Crydd.'

Dwi ddim yn siŵr be i wneud. Dwi'n teimlo tymer Nhad yn codi eto, fel tasa popeth mae Mam yn ei ddweud yn codi ei wrychyn. Ond mae o'n ochneidio, yn ysgwyd ei ben, ac mae o'n codi'r clasb gwallt. Dwi'n gwybod be sy. Mae yna ambell flewyn golau o wallt Neta'n dal yn sownd ynddo fo.

Mae Nhad yn troi yn ôl am y drws, ond mae Mam yno, yn ei ffordd. Yna mae o'n gwneud rhywbeth na weles i o erioed yn ei wneud cyn hynny. Mae o'n cydio yn Mam ac yn ei thynnu ato, a'r ddau'n symud i eistedd ar wely Neta. Mae hithau'n plygu i mewn iddo fo rywsut a dwi'n gadael y ddau yn siglo ym mreichiau ei gilydd.

4

2016

Dwi'n fam ddiawledig o ddiflas mae'n rhaid, achos fedr Ceri ddim aros yn y tŷ efo fi am fwy na hanner awr wedi iddi ddod adre o'r ysgol. Dim ond digon hir i newid o'i dillad ysgol, achos fedr hi ddim diodda'r rheiny chwaith, a rhoi'r styds yn ôl trwy ei hael – mae ganddi dair. Mae hi'n berwi tecell i feddwl gwneud paned (ond fydd hi byth yn cyrraedd y rhan olaf, dim ond berwi'r dŵr).

'Pam wyt ti'n wastio trydan yn berwi dŵr i neud paned ac wedyn byth yn gneud un?' meddaf i, gan lyncu fy siom, gan na wneith hi byth gynnig paned i mi, er i mi gyrraedd i mewn yn drymlwythog o lyfrau a ffeiliau.

'Sgen i'm amsar, dwi'n goro mynd.'

'I le heno, Ceri? Be am dy waith cartra di, neu o leia fasat ti'n medru trio edrych ar dy lyfra?' Fedra i ddim stopio fi'n hun. 'Mae gen ti arholiada…'

'*So?*'

Dwi wedi methu, dwi'n gwybod hynny. Ond dwi'n methu chwaith â gadael llonydd iddi. Dwi'n methu jyst derbyn nad ydy hi ddim am drio yn ei arholiadau, a dydy hi ddim am fynd yn ei blaen i'r coleg nac i'r Chweched. Dydy hi ddim am wneud unrhyw beth dwi'n awgrymu y dylai hi ei wneud. Ond dwi'n methu rhoi'r gorau i swnian. Dyna be mae athrawon yn ei wneud orau – swnian, twt-twtian, a rhoi golwg siomedig ar ein hwynebau. Dwi'n cymryd cip arnaf i'n hun yn nrych y cyntedd a dwi'n edrych yn union fel be ydw i – athrawes bifish.

Wedyn, pan mae'r glep ar y drws wedi tawelu, a'r drybowndian oedd yn bygwth ysgwyd y lluniau oddi ar y waliau wedi stopio, dwi'n eistedd i ddefnyddio'r dŵr yn y tecell, a dwi'n cael paned.

Dwi'n edrych trwy fy ffôn ar fywydau pobl eraill – dwi'n methu â pheidio gwneud hynny chwaith. I be? Does yna ddim byd difyr i'w weld, dim ond pobl yn eu dillad gora yn bwyta cacenni pen-blwydd gwirion o grand. Mi gawn nhw'r fath *sugar-rush* os bwytan nhw'r gacen yna, mi fyddan nhw'n crynu am ddyddiau. Neu luniau o bobl allan yn cerdded, yn gwneud pethau sydd i fod i dawelu'r meddwl mae'n debyg, fel yoga. Ond pan fydda i'n mynd am dro, fedra i ddim stopio meddwl, a phan fydda i'n mynd i wersi yoga mae'r hanner awr diwethaf, lle rydan ni fod i ymlacio'n llwyr, yn fy ngwneud i'n swp sâl, achos fedra i ddim peidio â meddwl am yr holl bethau fydd angen i mi eu gwneud ar ôl cyrraedd adre.

Dwi'n siarad efo fi'n hun yn uchel, achos does yna neb arall yma glywith fi: 'Beca, sut wyt ti wedi cyrredd fan hyn? Sut wyt ti wedi morffio i mewn i'r athrawes fwyaf diflas, sur a chwerw sy'n bosib? Cartŵn, dyna be wyt ti, cartŵn mewn comics plant, neu lyfrau i fechgyn sy'n gwrthod darllen. Cartŵn o'r athrawes waetha fuodd erioed. Ti hyd yn oed wedi dechra gwisgo cardigans llwyd a chadw marciwrs bwrdd gwyn yn dy bocedi.'

Dwi'n cario'r baned i fyny i'r llofft sbâr (stydis sydd gan athrawon eraill, ond jyst llofft sbâr sydd gen i. Faswn i ddim mor ymhongar â'i galw'n stydi, achos does yna ddim ynddi sy'n awgrymu unrhyw beth tebyg i fyfyrgell. Ella y dylwn i drio mwy ar y myfyrio.)

Fedra i ddim cyrraedd fy nesg heb gamu dros focsys a bagiau sy'n bochio, eu llond o bethau dwi'n credu y medra i eu troi'n fywoliaeth tra mae Nain yn eu galw'n llanast. Ar ben y bagiau a'r bocsys mae yna ffeiliau llawn nodiadau, taflenni, adroddiadau a chynlluniau gwaith – fy mywoliaeth, yn ôl Nain, ond llanast yn fy llygaid i. Dwi'n ceisio clirio llwybr at y ddesg, oherwydd mae gen i wersi i'w creu, a thŵr sigledig o lyfrau i'w marcio cyn fory. Dwi'n dechrau arnyn nhw, llyfrau Set 3, Blwyddyn 9. Dwi ddim yn cael defnyddio beiro goch erbyn hyn. Mae'r Pennaeth Adran wedi rhoi cynllun marcio i ni fydd 'mor bell-gyrhaeddol, mi fydd yn trawsnewid hyder y disgyblion yn eu gallu ac yn eu cynnal a'u hannog i dyfu a datblygu talentau newydd, yn hytrach na thorri ar eu hedefyn creadigol.'

Reit.

Beiro binc a chylch – camgymeriad sillafu.

Beiro las a thanlinellu – camgymeriad atalnodi.

Beiro werdd a dau dic – unrhyw beth sydd yn ymylu ar fod yn frawddeg.

Dwy seren a dymuniad i ddweud ar y diwedd pa mor wych ydy'r gwaith a sut y byddai gwella rhyw ychydig lleiaf ar y perffeithrwydd (gawn ni sgwennu hwn mewn unrhyw liw, heblaw coch. Dwi'n dewis du).

Mae'r llyfr ar y diwedd yn ymdebygu i... wel, mae'n llanast.

Wedi mynd trwy ddwsin o areithiau di-fflach am fanteision neu anfanteision mabwysiadu deiet figan, dwi'n dod ar draws un llyfr lle mae'r areithiwr ifanc yn gorffen gyda'r frawddeg: *I dont cer wat you eit, so its yp to you riely, byt Im off to KFC.*

Dwi'n rhoi dwy dic werdd ar y ddau 'you' – mae o wedi

dysgu sut i sillafu'r rheiny o leiaf. Dwi'n cytuno efo fo. Does yna ddim KFC yn y dre, felly dwi'n mynd i nôl cebáb er nad ydy hi'n nos Wener.

Mae hi'n oer, ac er fod mis Mawrth bron â dirwyn i ben, mae'r cennin Pedr yn dal i grynu hyd ochrau'r ffyrdd. Mae'r gwynt yn codi bagiau creision gwag a blychau polysteirin o'r corneli, a'u cael i ddawnsio'n hurt ar hyd y palmant o 'mlaen i. Mae drws Neuadd y Farchnad yn dal ar agor, felly dwi'n brysio trwyddo i edrych be wela i. Dwi'n sylwi bod y stondin bellaf yn dal yn wag, does yna neb wedi ei gymryd eto felly. Stondin hen recordiau feinyl a llyfrau ail-law oedd yn arfer bod yno; does neb yn siŵr beth sydd wedi digwydd i'r stondinwr, ond mi lapiodd ei feinyls i gyd a'u pacio un nos Wener, a welwyd mohono wedyn. Roedd wedi gadael y rhan fwyaf o'r llyfrau – hen gopïau o Mills and Boon a llyfrau am gowbois oedd ar ôl. Roedd y stondin wedi ei chlirio bellach, a dim ond un llyfr wedi ei osod dan goes y bwrdd i'w gadw'n wastad – *Dark Obsession*. Difyr.

'Dim sôn amdano fo, nag oes?' Roeddwn i'n gwybod fod Bert yn fy ngwylio o'r stondin agosaf. Wnes i erioed ei alw'n 'Dad'. Wn i ddim pam, dim ond ei fod yn rhywbeth i'w wneud efo agwedd Nain tuag ato fo. Bert roedd hi'n ei alw, a dyna fu o wedyn gen innau hefyd.

'Nag oes, mae o wedi hel ei draed i rwla, sti. Roedd arno fo chwe mis o rent am ei stondin, felly welwn ni mo'i gysgod o eto.' Nodiodd Bert at y gadair sbâr wrth ei ymyl. 'Ista am funud.'

'Na, mi fyddwch isio pacio rŵan yn byddwch, Bert? Wna i ddim eich styrbio chi.'

'Fydda i ddim yn cau am awran arall, sti. Ti byth yn gwybod pwy ddaw am sgiawt, mi ddôn ar ôl eu gwaith weithia, felly mi arhosa i am sbel. Waeth i mi fod yn fama ddim, a beth bynnag, mae'n braf cael dy gwmni di, Beca.'

'Ond mi fyddwch wedi trigo, mae hi'n ddiawledig o oer yma.'

'Dwi wedi caledu, sti. Hwda, mae 'na flanced yn fan'na i ti, yli. Fedra i wneud panad os leici di?'

Roedd y baned yn gryf, yn felys ac yn boeth. Paned Bert.

'Sbia be ges i ddoe.'

Estynnodd Bert o dan y bwrdd ac estyn bag lledr allan o'i guddfan. Cododd y bag ar ei lin ac agor y byclau rhydlyd.

'Be sgynnoch chi?'

'Sbia, neis dydyn? Darna neis rhein, sti, mi ddylian fynd am dipyn.'

Tynnodd focs pren, hirsgwar allan o'r bag, a'i roi ar y bwrdd o fy mlaen. Llithrodd caead y bocs i ffwrdd yn ddidrafferth i adael blwch wedi ei leinio gyda ffelt gwyrdd, ac ynddo gasgliad o bensiliau a siarcol, pennau sgwennu rhydd a choesau ffownten pens, rhai ag ôl inc glas arnyn nhw a'r lleill yn fwy newydd.

'A sbia hwn, 'ta, hen rolyn dal tiwbiau paent, ond maen nhw wedi sychu wrth gwrs, ambell un o'r brwshys yn dal yn eitha meddal. Ella medra i eu llnau nhw efo tyrps, sti, a drycha...' estynnodd y bag i mi, '... mae'r palet yna hefyd. Mi fasa'n ddifyr gwybod pwy oedd pia fo, bysa? Fasat ti'n licio ei gael o, Beca? Dos â fo i Ceri, mae hi'n un dda am dynnu llunia a ballu, tydy?'

Gafaelais yn y darn pren a gwthio fy mawd trwy'r twll, a'i ddal i fyny fel taswn i am beintio llun o Bert.

'Trowch eich ochr ora ata i, Bert, mi wnewch *portrait* da.'

'Hy, fasa neb isio fo ar eu wal, reit siŵr, hen ddyn croen lledar fel fi. Ond mi fasa'n ddifyr gwybod pwy oedd pia peth fel hyn, yn basa?' Trodd gaead y bag yn ôl a chwilio eto am enw, neu farc. 'Ti byth yn gwybod efo petha fel hyn, sti. Ella bysa yna ryw artist enwog wedi bod yma ar *grand tour* rhyw dro.'

'Vosper oedd pia fo ella,' pwyntiais at y darlun o Salem yng nghanol y lluniau eraill oedd yn pwyso yn erbyn y wal – hen lun du a gwyn o Gastell Harlech, poster o ddynes efo pêl fawr goch a'r enw Butlins Pwllheli ar ei waelod, ac un arall efo'r geiriau *Barmouth for Mountain Sand and Sea*. 'Dwi'n licio rheina gynnoch chi, fel rhyw gynrychiolaeth *warped* o Gymru, tydyn?'

'Be ti'n feddwl?' Cododd Bert i graffu ar un o'r lluniau, 'Dy'n nhw ddim wedi warpio nachdyn?'

'Nage, ddim dyna oedd gen i. Gweld nhw'n gynrychiolaeth od o Gymru ydw i. Sbïwch ar y llun *Salem* yna? Oedd yna unrhyw dŷ yng Nghymru na fuodd yna ryw ddelwedd fach o *Salem* ynddo fo erioed, dachi'n meddwl?'

'Dim llawer, siŵr i ti. Wel, mi roedd gynnon ni un, mi roedd Mam wedi ei roi o uwchben y lle tân yn lle drych, ar ôl i Meri'n chwaer sinjo ei chôt wrth edrych ar ei llun rhyw dro. Peryg, sti.'

'Be?'

'Drych uwchben lle tân, yndê. Paid byth â rhoi drych uwchben lle tân, Beca. Be bynnag, doedd gan bobol ddim llawer o ddewis ond rhoi *Salem* ar eu waliau, doedd yna fawr o luniau eraill o Gymru ar gael nag oedd, stalwm 'lly.'

'Nag oedd, ac os nad oedd llun o gapel a phobol yn gweddïo yn dawel a gwylaidd yn ddigon i'n cynrychioli ni, mi roedd yn rhaid i rywun luchio'r diafol i'r pair jyst i wneud siŵr bo' ni'n bihafio. A dyna ni – y Cymry mewn llun. Blydi hel, sgynnon ni ddim gobaith wir, nag oes, Bert?'

Edrychodd Bert yn od arnaf i am funud, ei ben ar un ochr.

'Iesu, *lighten up* Beca, wir 'uw, jyst llun ydy o. Ti isio *top up* ar y banad 'na?'

'Diolch.'

'Be wyt ti am neud 'ta, Beca? Wyt ti dal awydd cymryd y stondin? Mi fedri di neud yn go lew yn yr ha, digon o bobol ddiarth yn piciad heibio. Waeth i ti heb â bod yma wedi Dolig chwaith. Dwi ddim ond yma achos bod gas gen i fod yn tŷ. Waeth i mi ista yn fan hyn na fan'no, ond ti'n gwybod hynny, yn dwyt?'

'Na, fedra i ddim, Bert, dim ond breuddwyd ydy hi, chi. Mae Ceri'n gadael yr ysgol leni, tydy, mi faswn i'n licio iddi fynd i'r coleg.'

Nodia, a throi i chwilio am ei faco.

'Mae dy nain yn iawn, sti, Beca, aros yn yr ysgol fasa ora i chdi – cyflog sefydlog. Paid â gneud fel fi – dwi fawr o help i chi'ch dwy, nach'dw?'

'Ydach, siŵr. Peidiwch â rwdlan, Dad.' Dwi'n gwybod pryd i ddefnyddio Bert a phryd i beidio.

'Paid â chofio fi at dy nain.' Mae o'n galw ar fy ôl i, yr un frawddeg bob tro. Dwi ddim yn troi rownd dim ond codi fy llaw, ac mae o'n dechrau chwerthin. Cyn i mi gyrraedd y drws mi fydd y chwerthin wedi troi'n dagu. Mi ddyliai roi'r gorau i smocio, ond dwi'n blino dweud. Caeaf ddrws Neuadd y Farchnad jyst mewn pryd i weld cefn Ceri'n diflannu rownd cornel y stryd. Dydy hi ddim ar ei ffordd i'r un coleg.

5

1908

Ddaeth Nhad ddim adre nos Wener fel arfer. Roeddwn i wedi bod yn Harlech i ddychwelyd crysau roedd Mam wedi bod yn eu haltro, a phan ddois i'n ôl roedd Mam yn eistedd wrth y tân a'i dwylo yn ei chôl. Dydy hi byth yn eistedd.

'Ydy Nhad adra?' gofynnais wrth glirio'r llestri i'r cefn. Ond ches i ddim ateb, felly mi es trwodd i'r bwtri i edrych oedd ei ddillad yno. Doedd dim golwg o ddim. Dim esgidiau, dim sach waith, dim byd.

'Lle mae Nhad?' Ceisiais wedyn.

'Be wn i?'

'Ond tydy o ddim adra?'

'Nac ydy, os nad ydy o'n cuddio yn y sbensh.' Ond wnaeth hi ddim chwerthin, dim ond poeri'r geiriau ata i.

Wyddwn i ddim be ddyliwn i wneud. Oedd o wedi colli'r wagan i lawr o'r Cwm, neu oedd o wedi mynd heibio Caermeddyg i nôl y gribin? Be os oedd rhywbeth wedi digwydd iddo? Mi allai fod yn gorwedd ar waelod siafft a neb yn gwybod dim.

Es i allan trwy'r cefn gan gau'r drws yn dawel bach ar fy ôl. Doedd dim o'i ôl yn yr ardd chwaith, dyna lle byddai'n mynd ar ôl ei swper ar nos Wener, roedd yn gyfle i gael chwynnu'r rhesi, rhoi trefn ar bethau. Yno byddai'n cael heddwch, medda fo, yn cael rhoi ei ddwylo yn y pridd a theimlo fod y ddaear yn ei gynnal eto. Ond doedd o ddim yno.

O gornel fy llygad mi welwn i fod Albert Richard yng ngheg y llwybr – roedd arna i ei ofn o braidd. Roedd Lizzie'n dweud ei fod o'n wallgo, bod ei feddwl o ddim yn iawn, a'i fod wedi bod mewn seilam am flynyddoedd, dim ond ei fod o wedi medru denig oddi yno. Fel arfer fyddai o byth yn aros i siarad, dim ond sgytlan fel rhyw greadur bach ofnus yn ei ôl am y tŷ, cyn gorfod dweud dim wrth neb. Ond heddiw doedd o ddim am symud, dim ond sefyll yno'n edrych arna i.

'Mi ddoth adra,' medda fo. Prin ei glywed o wnes i. Mi es i'n nes yn ara, ac aros yr ochr arall i wal yr ardd.

'Mi ddoth adra, wyddoch chi,' meddai wedyn, ond siarad efo'r llawr oedd o.

'Nhad?'

Dim ond nodio wnaeth o wedyn a throi yn ei ôl at y tŷ a diflannu.

Os oedd Nhad wedi bod adre, meddyliais, doedd o ddim wedi mynd ers llawer, ond fedrwn i ddim meddwl i ble byddai o'n mynd. Roedd Modryb Lowri, chwaer i Nhad, yn byw yn topia Llanfair, ond roeddwn i newydd ddod o gyfeiriad Harlach, ac wedi piciad heibio i Modryb Lowri a chael brechdan driog ganddi ar fy ffordd yn ôl, felly doedd o ddim yn fan'no. Penderfynais fynd i fyny am Bentre Gwynfryn a'r Cwm rhag ofn y gwelwn rywun i'w holi, er doeddwn i ddim eisiau holi rhywun-rhywun chwaith, rhag iddyn nhw feddwl bod rhywbeth o'i le. Ond mi roedd rhywbeth o'i le. Roedd Nhad bob amser yn dod adre ar nos Wener, wel, bron bob amser.

*

Un waith erioed cyn heno wnaeth o ddim dod adre o'i waith ar nos Wener. Mae mis a mwy ers hynny bellach. Ddechrau'r wythnos honno, roeddan ni wedi cael llythyr gan un o ddiaconiaid y capel yn Llandudno yn dweud fod Neta wedi ei diarddel o'r cwrdd. Fedrwn i ddim diodda bod yn y tŷ efo Nhad a Mam, roedd yna rhyw dawelwch ofnadwy drwy'r tŷ, ac am y tro cyntaf erioed roeddwn i'n falch o weld Nhad yn mynd yn ôl am ei waith yn y Cwm.

Pan ddarllenodd Nhad y llythyr o Landudno, aeth o'n welw, welw. Wedyn mi aeth ei wyneb o'n gam i gyd, fel tasa yna feis wedi cau am ei law, neu olwyn wagan wedi mynd dros ei droed. Pan ofynnodd Mam beth oedd yn y llythyr, fedra fo ddim dweud, dim ond lluchio'r llythyr ati hi.

'Hwda!' medda fo. 'Edrych, dyna be mae dy flaenoriaid sanctaidd di'n gneud, yli, fel gnaethoch chi i'r hogan fach yna ym Moriah. Does gynnoch chi ddim mymryn o ysbryd Crist yn agos atoch chi. Moriah – wyddost ti be ydy ystyr enw'r lle yn ôl Geiriadur Charles?' Mae Mam yn gwrthod codi ei phen. 'Moriah, Chwerwder yr Arglwydd, lle gwnaeth o i Abraham fynd â'i fab i'w aberthu.'

Cyfeirio oedd o at y tro hwnnw pan gafodd Annie May ei thaflu allan o gapel Moriah ac mi roeddwn i wedi mynd efo Mam i'r capel y noson honno er mai efo Nhad i Salem fyddwn i'n arfer mynd, achos mae'r Bedyddwyr yn nes at Grist na'r Methodistiaid, meddai Nhad. Ond y noson honno roedd Mam wedi mynnu 'mod i'n mynd efo hi i Moriah, ac wedi i'r oedfa ddod i ben mi gododd y pen blaenor ar ei draed, gan edrych yn sobrach nag arfer hyd yn oed. Yna rhoddodd besychiad dwfn ac aros i wneud yn siŵr fod pawb yn edrych arno fo. Dyn fel'na ydy George Francis, dyn sy'n mynnu sylw. Wedyn mi roddodd ochenaid, rhyw ochenaid o siom, fel dyn mewn drama, a thynnu ei anadl i mewn wedyn am yn hir, hir, hir. Erbyn hynny roeddwn i'n teimlo'n swp sâl, ac mi glywn rywun yn dechrau igian crio yn y sêt gyferbyn, ond fedrwn i ddim troi i weld achos mi roedd llaw Mam fel feis am fy mraich i. Wedyn mi alwodd George Francis ar Annie May i godi a sefyll i wynebu'r cyhuddiad. Roedd Annie May yn gorfod sefyll yno a phawb yn sbio arni. Roedd ei het hi wedi disgyn yn ôl, ac mi fedrwn i weld fod ei hwyneb hi'n fflamgoch a'i thrwyn hi'n stremps. Wedyn mi ddywedodd Mr Francis wrthi am fynd adre, nad oedd yna le iddi yng nghymdeithas barchus Moriah, a pheri iddi weddïo a myfyrio dros y düwch oedd y tu mewn iddi, a'i bod hi'n gwympiedig, a bod yn rhaid iddi erfyn ar ei gliniau am faddeuant gan y Meddyg Mawr. Wedyn mi ddywedodd wrthi am fynd am y drws, a'r blaenoriaid eraill i gyd yn porthi, a hithau'n nadu, a phawb yn syllu, heblaw amdanaf i achos erbyn hynny fedrwn i ddim sbio arni o gwbl, a'r merched yn twt-twtian ac yn ysgwyd eu pennau nes gwneud i'r plu ar eu hetia nhw grynu.

Pan gyrhaeddais i adre'r noson honno, mi es i allan i'r cefn a thaflu i fyny, ac mi ddaeth Nhad ata i a gofyn be oedd. Mi ddywedais i'r hanes wrtho fo, ac mi eisteddodd ar y wal efo fi am funud. 'Beth bach,' medda fo, ac mi allwn ddweud arno fynta ei fod wedi styrbio, ac mi aeth i'r tŷ ac mi glywn i o'n gweiddi. Ond roedd Mam yn mynnu mai hoeden oedd Annie May, a rŵan mae'r babi wedi cyrraedd, mae hi'n gwthio'r hogyn mewn coetsh gadair o gwmpas y pentra fel tasa fo'n dywysog bach – sydd yn profi nad oes ganddi gywilydd yn y byd, meddai Mam.

Tybed ydy hi'n meddwl mai hoeden oedd Neta ni erbyn hyn hefyd?

Wedi i'r llythyr hwnnw ddod o Landudno aeth Nhad yn ei ôl am ei waith ben bore Llun, a welson ni mohono fo am bythefnos. Mi ddywedodd rhywun eu bod wedi ei weld o'n dal y trên yn yr holt ym Mhensarn ar y dydd Sadwrn wedyn, ond ddywedodd o ddim am hynny wrtha i. Ac i ble bydda fo wedi mynd, beth bynnag?

*

Ar ôl siarad efo Albert Richard, mi es i'n ôl i'r tŷ.

'Mi fuodd Nhad adra?' Trodd Mam i edrych arna i, a nodio.

'Do, mi ddoth, Gwenni,' yna cododd i estyn y jwg oddi ar y silff ben tân, gan stwffio'r papur llwyd efo cyflog Nhad i mewn iddo.

'Dwn i ddim sut dwi'n mynd i wynebu pobol, sti, ac Ifor wedi gadael fel'na.'

'Mi fyddwch chi'n iawn, Mam. Mi ddown ni trwyddi, chi.'

Gwenodd yn wan arna i wedyn.

'Ella mai dy dad sy'n iawn, 'mod i'n poeni gormod ynghylch be ddeudith pobol. Mi ddyliwn boeni mwy ynghylch bod ar yr ochr iawn i'r Gwaredwr.'

Roeddwn i eisiau gweiddi arni, ond wnes i ddim. Dydy o'n gwneud dim synnwyr i mi. Mae arni gymaint o ofn pechu Duw, fedar hi ddim byw.

Dwi am fynd i fyny am y Cwm i chwilio am Nhad, ac mae Lizzie ym mhen y stryd.

'Lle ti'n mynd?'

'Am dro.'

'Ti am fynd i weld ydy'r peintar yn dal yn Salem?'

Dwi ddim am ddweud wrthi fod Nhad wedi gadael, ac mai mynd i chwilio amdano fo ydw i, felly dwi'n nodio.

'Ia, am Salem ro'n i'n cychwyn.'

Ond mae wyneb Mam yn dal yn fy meddwl i. Fedra i

ddim meddwl pam ei bod hi gymaint o ofn Uffern. Ond mae Lizzie'n dweud mai bai'r Diwygiad ydy hynny. Mi aeth pobl yn od yn ystod y Diwygiad, meddai Lizzie – merched yn gweiddi a chael ffitia ar lawr, a dynion yn eu hoed a'u hamser yn disgyn ar eu hwyneba i'r ddaear ac yn crio. Mae Hughie Bach yn dal i weiddi y tu allan i'r Ring ar nos Wener, yn gweiddi ar bawb sy'n tywyllu'r lle eu bod nhw'n bechaduriaid. Mae o yno eto heno, ac mae'n rhaid i ni ei basio fo.

'Watshiwch dân uffern y tu mewn i'r muria yna, hogia bach, mi'ch traflyncith chi, cofiwch. Trowch yn ôl. Trowch yn ôl at y Gola Mawr, hwnnw snatshodd fi o afael Satan. Peidiwch â mynd trwy ddrws tywyllwch. Gwrandwch ar eiriau hen broffwyd fel fi...'

'Arglwy', rho gora iddi, Hughie uffach, a dos adra i bregethu,' meddai Iorwerth Jones yn dod allan i ben y drws ac yn bygwth lluchio llond pwcad o ddŵr dros Hughie Bach. Rydan ni'n dwy yn rhedeg heibio, rhag ofn i'r dŵr neu'r tân ein cyrraedd ninnau.

'Oes yna dân mawr yn y Ring?' dwi'n gofyn yn ddiniwad i gyd, achos mae hi'n ganol ha' a faswn i ddim yn meddwl fod angen tân yn nunlle a hithau mor glòs.

'Nag oes, siŵr! Tân ffigurol ydy o. Sbia arno fo, Gwenni, mae Mam yn deud mai yn y seilam ddylia hwnna fod hefyd, a'i fod o'n beryg bywyd, sti.'

Ond mae mam Lizzie yn meddwl bod y rhan fwyaf o bobl Llanbad yn beryg, a'u bod nhw un ai wedi bod yn y seilam, neu'n haeddu bod yno. Dwi'n amau tasa mam Lizzie'n cael ei ffordd y byddai yna drên sbesial yn cyrraedd holt Pensarn yn unswydd i nôl gwallgofion Llanbad, ac y byddai'r trên mor llawn mi fasa dynion yn hongian allan o'r ffenestri ac o'r to.

Dwi'n amau y byddai mam Lizzie yn gyrru Mam i'r seilam hefyd tasa ganddi'r grym.

'Ar Mary Jones, Egryn mae'r bai, meddai Mam.' Mae Lizzie'n licio fy nghael i'n ffrind, dwi'n meddwl, gan 'mod i'n gadael iddi fynd trwy'i phethau, a ddim yn torri ar draws.

'Am be?' dwi'n procio, achos dwi'n licio stori Mary Jones, Egryn.

'Deud fod yna ola yn ei dilyn hi wrth iddi fynd o gapel i gapel yn pregethu ddaru hi. Gneud i bobol fynd i'w chanlyn hi, dynion parchus yn tyrru i wrando arni'n pregethu, ac wedyn ei danfon hi adra iddyn nhw gael gweld y golau yn yr awyr.'

'A be oedd y gola 'ta, Lizzie?'

'Does yna neb yn gwybod, nag oes? Os nad oedd yna rywun yn twyllo 'de, yn cuddio wyddost ti ar hyd y ffordd a chynnau canhwylla a chwifio lampa a ballu…'

Mae Lizzie'n rhedeg wedyn o 'mlaen i. Rydan ni bron iawn wrth Bont Beser, a dwi'n methu dal i fyny efo hi. Wrth i mi ddod am y bont, mae Lizzie'n neidio allan ac yn gafael amdana i ac yn gweiddi, 'Neu mi roedd yna gannwyll corff yn ei dilyn hi… fel hyn!' ac yn fy ngwasgu yn erbyn canllaw'r bont.

Rydan ni'n rhedeg wedyn gan wichian, gan feddwl fod yna gannwyll corff yn ein dilyn ninnau a hithau'n olau dydd braf.

Does yna ddim golwg o Nhad ar y ffordd, a phan rydan ni'n cyrraedd Salem, does yna neb yn fan'no chwaith. Mae'r drws wedi cau a dim golwg o'r beic gwyrdd.

6

2016

'Mae hi'n gwrthod sôn am y coleg o gwbl erbyn hyn.'

'Gad lonydd iddi felly.'

'Fel naethoch chi adael llonydd i mi, ia, Nain?'

'Nage, roedd dy fagu di'n wahanol, yn doedd? Doeddet ti ddim yn ferch i mi, nag oeddet, Beca? Mi roedd gen i ddyletswydd dy anfon di i'r coleg, achos mai dyna fydda dy fam yn dymuno i ti neud.'

A dyna fo, yr ateb. Doedd gen i nunlle i fynd efo fy nadl rŵan, unwaith roedd y linell honno wedi ei datgan: 'Dyna fasa dy fam isio.'

Dwi ddim yn siŵr beth fyddai fy mam wedi ei ddymuno i'w merch fach dair oed. Does gen i ddim cof o fy mam, ond dwi ddim yn meddwl y byddai wedi gwneud llawer o gynlluniau ar fy nghyfer. Doedd fy mam, mae'n debyg, ddim mewn cyflwr meddwl i wneud unrhyw benderfyniad, felly sut fedrai Nain ddweud beth fyddai hi eisiau ar fy nghyfer? Ond doedd fiw dweud hynny wrth Nain.

'Rhaid i ti gael gwersi piano, dyna fydda dy fam isio.'

'Rhaid i ti ganu yn y côr, dyna fydda dy fam isio.'

'Be am fynd i'r coleg? Dyna fydda dy fam isio.'

A'r frawddeg:

'Paid â chyboli efo fo, i be'r ei di i Lundan i ganlyn ffŵl? Mi geith y ddwy ohonoch chi aros yma efo ni.' Bron i bymtheg mlynedd yn ôl erbyn hyn. 'Dyna fydda dy fam isio.'

A dyna ni, yma y buon ni – Ceri a finnau a Nain. Yn dawel bach, mae'n debyg mai hi oedd yn iawn. Ffŵl oedd o. Mi wnes i ddeall hynny wedyn. Mi aeth o ar ôl y gwylia ha', a ddaeth o ddim yn ei ôl. Wnaeth hynny mo fy mhoeni fi chwaith. Dim ond Ceri oeddwn i ei eisiau. Ond weithia mi fydda i'n ama os mai aros yma, efo Nain, oedd y dewis gorau i mi.

'Gad lonydd i Ceri, gad iddi ffeindio'i thraed. Does yna ddim brys iddi wneud ei phenderfyniad, yn nag oes? Dydy petha ddim 'run fath rŵan, yn nac ydyn?'

'Be dach chi'n feddwl?'

'Wel, pan o'n i'n ifanc, mi roeddet ti'n gneud dy ddewis yn fuan, oed Ceri rŵan fwy neu lai. Roeddet ti'n gneud penderfyniad – oeddet ti'n mynd i'r coleg, neu oeddet ti'n chwilio am swydd yn ymyl adra. Ac os oeddet ti'n aros adra, wel adra fyddat ti wedyn nes byddat ti'n priodi, ac os nad oeddat ti'n priodi, yna ti, fel y ferch, oedd yn aros adra i ofalu am dy rieni fel roeddan nhw'n heneiddio. Neu mi gaet ti ddewis peidio priodi a chario mlaen efo gyrfa. Chaet ti ddim gneud y ddau. Mi fuo'n rhaid i mi roi'r gora i'n swydd ddysgu gynta pan briodes i dy daid.'

'Blydi hel.'

'Ia wel, o leia does dim rhaid i chi ddewis yn yr oes yma. Gei di yrfa a gŵr, os mai dyna wyt ti isio.'

Wedyn, fel tasa hi'n amau ei bod hi wedi dweud y peth anghywir, ychwanegodd, 'Neu gei di yrfa, a phlentyn, a gneud yn tsiampion ar ben dy hun.'

Rydan ni'n dwy yn chwerthin.

'Neu gei di fod heb yrfa. A gei di fod heb ŵr hefyd os mai dyna wyt ti isio, Beca.'

'Neis. Neu mi ga i adael fy ngyrfa rŵan 'mod i bron â gorffen magu Ceri, a chan nad ydy hi isio mynd i'r coleg beth bynnag.

Ac mi ga i ddewis mynd i gadw stondin yn y farchnad efo Bert, yn caf?' dwi'n procio, a dwi'n gwybod na fyddai Nain yn hapus efo hynny. Mae hi'n crychu ei thrwyn.

'Mae yna lot o waith magu ar Ceri eto.'

Dwi'n ei theimlo hi'n cael digon ar y sgwrs yma rŵan. Dydy hi'n mynd i unlle, ac mae Nain yn wfftio at beth mae hi'n ei ystyried yn 'siarad lol'.

'Oes, dwi'n gwybod, Nain, a dwi ddim ar fin taflu Ceri allan o'r tŷ, os mai dyna dach chi'n feddwl. A dwi ddim isio bod heb deulu chwaith, i chi gael dallt.'

Dwi'n codi i nôl y bocs cardbord sydd ar dop y grisiau. Hwnnw roedd Ceri wedi addo ei gario i lawr i Nain ers dyddiau.

'Paid â meddwl cymaint am betha, Beca, jyst dos yn dy flaen efo dy fywyd a stopia edrych ar dy fogel dy hun trwy'r amser. Ti'n gneud yn iawn... Rŵan, estyn y bocs 'na i mi gael gweld fedra i daflu rwbath.'

Mae'r sgwrs ar ben, a dwi'n falch. Dwi ddim eisiau ffraeo efo hi, mae hi'n rhan o oes wahanol i mi. Mi fuodd raid iddi hi frwydro am ei hawliau, a llwyddo.

'Wel, dwi wedi deud 'mod i'n paratoi fy mhetha i fynd i gartra, achos dwi ddim am roi hynny ar dy sgwydda di eto, Beca. Does dim rhaid i ti fod yn ofalwr arna i, sti. Ond dwi ddim cweit yn barod i fynd eto. Jyst paratoi, yndê.'

'Lle dach chi isio'r bocs 'ma felly?'

Dwi'n codi'r bocs i ben y bwrdd o'i blaen ac mae hithau'n tyrchu. Mi fyddwn ni'n gwneud tri phentwr fel arfer – un i'w daflu, un i'w gadw ganddi hi, ac yna un pentwr i mi, un ai am fy mod am ei gadw'n bersonol neu 'mod i'n gweld gwerth iddo petawn i'n agor stondin.

Dwi'n trio dyfalu be sy'n mynd trwy ei meddwl hi – ydy'r

genhedlaeth yma yn edrych arnon ni fel cenhedlaeth sydd yn disgwyl i bob dim ddisgyn wrth ein traed? Dwi'n cymryd cip arni, tra mae hi â'i thrwyn yn y bocs, a dwi'n synhwyro nad ydy hi wedi ei phlesio efo fi. Weithiau mi roith hi chwerthiniad fach sinigaidd, cystal â dweud nad oes gen i syniad, ac i mi fod yn ddiolchgar. Mae hynny'n wir, mae'n debyg, dydw i ddim wedi gorfod brwydro am bethau fel y bu'n rhaid i'w chenhedlaeth hi, ac eto...

'Be wnest ti efo'r llun yna rois i ti tro diwetha, Beca? Wnest ti ei gadw fo?'

'Do, siŵr.'

Dwi'n codi hen gyfrol lychlyd o'r bocs: *Plant y Gorthrwm*, Gwyneth Vaughan.

'Be wnewch chi efo'r holl lyfra 'ma, Nain?'

'Wyt ti isio honna?'

'Be ydy hi, nofel?'

'Ia siŵr, wyt ti ddim yn gwybod amdani? Mi ddoth allan yn 1908, jyst ar ôl y Diwygiad.'

Dwi'n fethiant eto. Dwi ddim yn gwybod am fawrion llên ein cenedl, fe ymddengys.

'Gwyneth Vaughan,' meddai hi, ac aros. Dwi'n gwybod dim am yr awdures, ond dwi'n synhwyro 'mod i am gael gwybod.

'O Dalsarna oedd hi, merch i felinydd. Mi roedd hi'n torri tir newydd yn ei hoes, ac mi ddylia'ch cenhedlaeth chi wybod am bobol fel hi; mi nath hon fwy na'r rhan fwya i ddod â merched yn gyfartal, yn ei chyfnod, ond does yna fawr neb yn gwybod nag oes? Dylia ti gadw honna, neu fynd â hi i siop hen lyfra.'

'Difyr.'

'Mi roedd hi'n gneud lot efo dirwest ac ati hefyd, os cofia i. Ond mi roedd hynny'n mynd efo bod yn rhyw fath o *role model* i'r ferch yr oes honno.'

'Oedd, mwn, y wraig rinweddol, ia?'

'Ia.' Chwarddodd Nain, 'Rwbath fel'na.' Wedyn, 'Gymri di sieri bach?'

A dyna ni, ein dwy'n yfed sieri ganol pnawn mewn gwydrau bach coes hir, urddasol.

Pan dwi'n cyrraedd adre, mae'r goleuadau i gyd ymlaen yn y gegin, a'r teledu, a does yna ddim sôn am Ceri. Dwi'n symud trwy'r tŷ yn diffodd pethau, ac yn aros wrth ddrws ei llofft hi. Dwi'n gwrando am sŵn o'r tu mewn ond does yna ddim smic. Dwi'n cnocio yn ysgafn ac yn agor y drws, ond tydy hi ddim yno chwaith.

Dwi'n anfon neges ati, ac ymhen hir a hwyr dwi'n cael neges yn ôl.

Ar ffor adra, geith Dafydd aros?

Ceith. X

Dwi'n codi'r gwely campio yn ei llofft hi. Dafydd. Diolch byth, mae yna rywbeth am y bachgen sy'n fy nhawelu. Mae o i'w weld yn gyffyrddus efo'i gwmni ei hun rywsut, a chwmni Ceri. Y ddau yn blant y cyrion.

1

1908

Roeddwn i angen mynd â dau liain sychu llestri i fyny i
Gaermeddyg. Ges i hwyl ar y llieiniau, roedd hyd yn oed
Mam yn canmol y pwythau mân, gwastad. Fel arfer mi faswn
i wedi mynd i fyny ar hyd y llwybr dros afon Artro, achos
mae hwnnw'n llwybr braf ar ddiwrnod poeth fel heddiw, ond
roedd Lizzie'n dweud fod y peintar wedi gorffen yn Salem,
ac wedi pacio ei bethau ac wedi mynd yn ôl am Harlech ar ei
feic gwyrdd am y tro diwethaf. Roeddwn i eisiau gweld oedd
Lizzie'n dweud y gwir.

Roedd gen i bigyn yn fy ochr wrth redeg i fyny am Bentre
Gwynfryn. Doeddwn i ddim eisiau i'r peintar orffen, achos
roeddwn i'n licio mynd yno i'w gwylio nhw'n eistedd.
Roeddwn i'n licio dringo i ben y garreg o dan y ffenestr a
phipian i mewn arnyn nhw, roedd hi'n dawel yno, dim ond
sŵn yr afon islaw a'r adar yn y coed. Ond roedd gen i biti dros
Owen Siôn, Garlag Goch. Roedd o wedi gorfod stopio mynd
i eistedd, am ei fod o'n 'pŵar siter' yn ôl ei frawd. Crycymala
sydd arno fo, felly mae o'n methu eistedd yn llonydd. Dyna
dwi'n meddwl beth bynnag.

Ond gas gen i sbio ar y ddelw – honno sydd yn y sêt dan
y ffenestr. Mae hi'n codi cryd arna i. Does ganddi hi ddim
wyneb, dim ond siâp corff sydd yna, ac yn ôl y sôn mi fydd y
peintar yn peintio wyneb Mrs Owen ar y ddelw yn y llun.

Weithiau, mi fydda i'n deffro ganol nos, yn meddwl am

Neta, ac mi fydda i'n meddwl am ei chorff hi yn y môr. Dwi'n trio cofio ei hwyneb hi, ond yng nghanol nos, does ganddi hi ddim wyneb o gwbl, dim ond lle gwag, yn union fel delw'r peintar.

Od ydy tynnu llunia. Trio dal rhywbeth mae'r dyn beic gwyrdd, meddai Nhad. Trio dal rhywbeth o fywyd y capel a'r bobl sydd yno. Ond ysgwyd ei ben mae Nhad wrth ddweud hynny.

'Trio dal rwbath sydd ddim yno mae o yn y bôn, Gwenni. Dyna be mae peintars yn neud, trio cadw rwbath maen nhw'n meddwl sydd yno, ond os crafi di dan yr wyneb, dim ond mymryn o baent ydy o. Dyna ydy gwaith Mr Vosper, peintio golygfa o Gymru mae o'n meddwl fydd yn plesio. Ond celwydd fydd y llun, gei di weld.'

Dwi ddim yn dallt be mae Nhad yn trio'i ddweud, ond mae pawb yn Llanbad yn gwybod bod Nhad yn ddyn clyfar. Mae ganddo beth wmbredd o lyfrau trwchus y bydda fo'n eu darllen bob nos. Mi fyddai Mam yn twtian ac yn dweud y byddai'n well iddo fo ddarllen y Beibl. Dim ond chwerthin fyddai Nhad amser hynny, ond erbyn hyn mae Mam wedi hel ei lyfrau i gyd i un cornel o'r gegin. Dim ond y Beibl a'r esboniadau sydd ar ôl lle bu llyfrau Nhad. Er nad ydw i'n deall be mae Nhad yn feddwl fel arfer, dwi jyst yn gwrando a nodio.

Wrth i mi fynd yn fy mlaen heibio'r rhes dai yn Nhŷ Croes, mae William yn fy mhasio efo'r trap a'r ferlan. Mae o'n arafu ac yn cyffwrdd ei gap, a dwi'n licio hynny. William Ty'n Buarth, sy'n mynd â'r sitars i fyny i Salem, achos mae Mrs Owen a dynion Garlag Goch yn rhy hen i gerdded o Lanfair ac mae Laura Williams Ty'n Buarth, mam William, yn cael mynd efo nhw yn y trap. Mi fasan nhw wedi diodde o benstandod heddiw, achos mae hi'n rhy boeth i neb gerdded i nunlla. Baswn i'n licio dweud wrth Lizzie fod William wedi twtsho'i gap fel'na arna i, biti na fasa hi yma i weld. Wedyn dwi'n dychryn wrth feddwl be taswn i wedi tynnu'n sgidiau a sanau fel hogan fach, fel roeddwn i awydd gwneud a throchi'n nhraed yn afon Artro. Rhaid i mi gofio peidio gwneud hynny eto, wel, ddim yng ngolwg pobl. Ddim hogan fach ydw i rŵan, dwi bron yn bymtheg oed.

'Sut wyt ti, Gwenni, a sut mae dy fam?'

Dwi'n neidio, achos doeddwn i ddim wedi gweld neb, ond roedd Mrs Owen yn pwyso ar ymyl y wal, o dan y coed, y dail yn taflu cysgod drosti. Mae drws y capel ar agor, mae'n debyg fod dyn Garlag Goch wedi mynd i'w sêt yn barod, a Rhobat Williams, Caermeddyg. Mi fedrwn roi'r llieiniau i Rhobat Williams rŵan – mi fyddai hynny'n sbario i mi fynd â nhw yr holl ffordd i Gaermeddyg – ond fedra i ddim mynd i mewn i'r capel fel yna. Mi faswn i'n licio bod chydig tebycach i Lizzie. Mi fyddai hi wedi mynd trwy ddrws y capel yn dalog, heb lol. Ond fedra i ddim.

'Ydy dy fam yn dal ati?' meddai Mrs Owen wedyn. 'Mae golwg wedi hario arnat ti, Gwenni fach. Ty'd i eistedd yn y cysgod am funud i gael dy wynt. Mae hi'n boeth, tydy?'

Mae Siân Owen yn estyn cwpan fach haearn i mi, ac mae'r dŵr ynddi yn oer, oer. Dwi'n sylwi ar y siôl, wedi ei lapio mewn papur llwyd ar y wal wrth ei hymyl, a'r het gantel ddu ar ben y papur llwyd. Mi faswn i'n licio trio'r het, ond dwi ddim yn gofyn chwaith, rhag ofn i mi ei tholcio neu i rywbeth ddigwydd iddi.

'Sut mae dy fam yn dygymod, Gwenni? Dach chi wedi cael profedigaeth arw, yn do?'

Mae hi'n nodio wedyn, ac yn gwenu.

'Ond mi ddowch chi trwyddi, Gwenni, gei di weld.'

'Diolch, Mrs Owen.'

Dwi'n licio Mrs Owen, mae hi'n hen, a'r rhychau ar ei hwyneb yn fwy amlwg yma a'r haul yn lluchio cysgodion y dail drostan ni. Mae hithau wedi cael colledion, dwi'n gwybod, a phan mae hi'n gofyn sut mae Mam dwi'n gwybod nad busnesu mae hi.

'Mae o ar ei ffordd, Mrs Owen. Mae'r peintar ar ei ffordd.'

Mae Laura Williams wedi dod oddi ar y trap ym Mhentre Gwynfryn ac yn bustachu i fyny'r clip bach at y capel, ac yn dod i bwyso ar y wal wrth ein hymyl ni.

'Lle buoch chi, Laura? Pam na ddaethoch chi ar y trap a hitha'n ffasiwn wres? Gwenni, merch Ifor ydy hon, Laura, ydach chi'n ei nabod hi? Mae hi wedi dod yn ferch ifanc smart, yn tydy?'

Mae'r ddwy yn cyfarch ei gilydd wedyn, fel taswn i ddim yno, ac yn sôn am y tywydd a phris te, a sut roedden nhw'n cael trafferth cadw Evan bach yn llonydd i gael tynnu ei lun, a sut y bu i'r peintar dynnu dwy linell mewn sialc ar y sêt i Evan orfod eistedd rhyngddyn nhw heb symud. A chwerthin wedyn wrth gofio sut roedd yr hogyn bach dall wedi gorfod mynd, gan fod hwnnw fel tasa ganddo gynrhon yn ei glos.

'Dos i lawr i'r afon i lenwi'r can llaeth 'ma efo dŵr, wnei di, Gwenni, i Laura Williams gael diod?' mae Siân Owen yn gofyn.

Dwi'n mynd trwy'r fynwent ac yn llithro i lawr at ymyl yr afon, at y lle gafodd Neta'i bedyddio. Mae fy llaw i'n edrych yn las-wyn o dan y dŵr wrth i mi estyn dan yr wyneb efo'r can llaeth. Dwi'n syllu ar y dŵr achos dwi'n gweld rhywbeth. Wyneb Neta sydd yno, ei gwallt yn chwifio o'i chwmpas, mae ei hwyneb hi'n wyn, wyn, a'i llygaid hi ar gau. Dwi'n ei gweld hi'n glir, y goban wen gafodd hi ar gyfer y bedydd, a siâp ei chorff yn eglur trwyddi, ei breichiau, a'i hysgwyddau, ei bronnau a'i bol hi, ei chluniau a'i thraed.

Mi roedd Neta yn licio dŵr, yn licio ymdrochi yn yr afon, fan hyn dan y coed. Dwi'n tynnu'r can allan yn sydyn ac yn trio cydio yn ei braich hi, ond dydy hi ddim yno go iawn wrth gwrs. Mae fy llaw i'n chwyrlïo trwy'r dŵr, ond does yno ddim byd solat, dim ond llun ohoni. Ond dwi ddim yn siomedig, achos mae Neta wedi gwenu arna i, dwi'n siŵr iddi wneud, cyn diflannu.

Mae'n anodd llusgo yn fy ôl i fyny at y llwybr a'r capel, ond mae Laura Williams yn disgwyl am y dŵr, a golwg ar fin disgyn arni.

'Dyma chi, Laura, cymrwch lymaid, ac mi awn ni mewn i chi gael eistedd. Ydy Mr Vosper ar ei ffordd, ydy, Laura?' mae Mrs Owen yn gofyn. Mae arni hi ofn i Laura Williams ffeintio, dydy hi ddim yn edrych hanner da. Mae Cefncymerau, lle mae Salem, fel powlen, a'r gwres fel tasa fo'n cael ei ddal yma. Ella mai'r gwres sydd yn dweud arna innau.

'Mae Mr Vosper wedi stopio ym Mhentra Gwynfryn, mi welish i ei feic wrth y siop, fydd o ddim yn hir.' Mae Laura Williams yn troi ata i. ' Mynd am y Cwm i weld eich tad ydach chi, Gwenni?'

Dwi ddim am ddweud mai i Gaermeddyg oeddwn i'n cychwyn, achos fasa ddim rhaid i mi ddod cyn belled â Salem i fynd am fan'no, felly mi fasan nhw'n deall mai dod i fusnesa ydw i.

'Chwarae teg i chi, ond mae o'n iawn, wchi, eich tad. Mi ddaw yn ei ôl atoch chi...' meddai hi wedyn, a dwi'n crafu'r cerrig efo'n esgid, mae 'mochau i'n goch. Be mae Laura Williams yn ei olygu wrth ddweud hynna? Ydy Lizzie'n iawn felly, fod Nhad wedi gadael Mam a finnau? Dwi ddim yn gwybod am bethau felly. Dim ond un dyn y gwn i adawodd ei wraig yn Llanbad o'r blaen, ac yfed oedd hwnnw, a brawd y wraig heliodd o oddi yno, nid mynd o'i wirfodd wnaeth hwnnw.

'Wel, lle'ch bod chi'n cael siwrne ofer ar y gwres yma, tydy'ch tad ddim yno, chi. Mi weles i o'n mynd am y trên i Bensarn. Mae'n ddrwg gen i am eich trafferthion chi, 'mach i.' Yna mae hi'n troi at Mrs Owen ac yn dweud y peth rhyfedda, 'Mynd i forol drosti oedd o, wchi, dros y ferch druan yna.'

Wedyn mae Laura Williams yn gwenu'n ffeind, ac yn tynnu rhywbeth allan o'r fasged – torth gyrens fechan ydy hi.

'Hwdwch, ewch â hi adra i'ch mam, mae hi wedi ei chrasu bore 'ma, a deudwch wrthi 'mod i'n cofio ati hi.' Mae hi'n ei gwthio arna i ac yn aros i mi fynd cyn troi at Mrs Owen wedyn. Dwi'n gwybod eu bod nhw'n dweud rhywbeth am Neta ond dwi ddim yn clywed achos mae sŵn yr afon yn boddi'r geiriau.

Wedi i mi eu gadael yno, dwi'n mynd yn ôl am goed Garth Goch ac mae'r peintar yn dod i fy nghwfwr. Mae hi'n rhy boeth iddo yntau, mae o yn llewys ei grys, a'i gôt fach dros ei fraich, ac mae o'n gwthio'r beic efo'r llaw arall. Dwi'n aros ar ochr y ffordd iddo gael mynd heibio, ond mae'n aros gyferbyn â mi.

'Hello, can I sit with you for a minute?'

Dwi'n nodio ac yn symud i wneud lle iddo wrth y wal.

'Mae'n boeth iawn, ie?'

Dwi'n nodio eto. Doeddwn i ddim yn disgwyl iddo fo siarad yn Gymraeg efo fi – mae'n rhaid ei fod yn meddwl na fedra i ddim Saesneg. Ond dwi wedi bod yn yr ysgol, ac wedi gwneud yn dda yno, ac mi faswn i'n licio dweud rhywbeth yn Saesneg wrtho fo, i ddangos 'mod i'n medru.

'I like the green of your bicycle,' meddaf i.

Mae'n chwerthin wedyn ac yn tynnu ei grafát lliwgar i sychu'r chwys oddi ar ei dalcen a'i ddwylo.

'Mae y beic yn da, mynd â fi i bob lle.'

Yna mae'n agor bwcwl y sach ledr ac yn tynnu rholyn o bapurau allan ohoni. Yn ara mae'n dadlapio'r papurau ac yn estyn un i mi. Dwi'n ei agor ac arno mae darlun bach o feic gwyrdd.

Dwi'n gwenu ac yn diolch iddo fo.

8

2016

'Ga i'ch gweld chi am funud, Ms Hughes, yn fy swyddfa os gwelwch yn dda?'

Dod allan o'r ffreutur oeddwn i pan glywais i Mr Francis y Pennaeth yn galw arna i o ben pella'r coridor.

'Ydy popeth yn iawn, Mr Francis?'

'Ydy, wel, nac ydy... Mae Ceri yn fy swyddfa, hi a Kay Jones. Dwi'n meddwl y byddai'n well i chi ddod.'

'Ydyn nhw'n iawn? Ydy Ceri'n iawn?' Oedd yna rhywbeth wedi digwydd i Ceri?

'Wel, mae *hi'n* iawn,' atebodd.

Dilynais y Pennaeth a 'nghalon yn curo fel gordd – be oedd Ceri wedi ei wneud rŵan? Agorodd y drws i'r ystafell aros, ac yno ar y cadeiriau plastig du roedd y ddwy yn eistedd.

'Ceri? Wyt ti'n iawn?' Cododd Ceri ei phen, roedd ei hwyneb yn welw ond eto roedd yna olwg ddigon herfeiddiol arni. Wrth ei hochr eisteddai Kay, ei gwallt oedd fel arfer wedi ei glymu'n gynffon dynn ar dop ei phen yn disgyn yn llipa ar draws ei hwyneb. Roedd dwy ffos ddu wedi llifo o'i masgara i lawr ei bochau, ac roedd sgriffiadau ar ei thalcen.

'Ceri?' Dwi'n clywed min ar fy llais i.

Mi wn i'n iawn am Kay, wrth gwrs, mae hi'n dawel a mewnblyg. Dwi'n gwybod hefyd sut roedd disgyblion eraill yn gallu ei herio, ei chyhuddo o beidio molchi, o'i difrïo a thynnu sylw at ei dillad oedd heb eu golchi. Mi wn i nad ydy hi'n cymysgu'n hawdd, yn ei chael hi'n anodd i wneud ffrindiau. Dwi'n flin. Be mae Ceri wedi ei wneud? Sut medrai hi fod yn un o'r rhai oedd yn gwneud bywyd Kay druan yn annioddefol? Ai un felly ydy Ceri? Dwi wedi trio 'ngorau i'w magu hi'n iawn, i edrych ar ôl y gwan, i beidio barnu na bod â rhagfarnau, a rŵan hyn?

Yr oll dwi wedi pwysleisio mor bwysig ydy tegwch a pharch. Dwi'n rhiant cyfrifol, i fod. Mae yna deimlad oer yn llifo trwydda i. Yr holl sgyrsiau unochrog rhyngdda i a Ceri a'r atebion un sill pwdlyd dwi'n eu cael yn ôl ganddi, y clepian drysau, y distawrwydd, y rholio llygaid. A finnau'n meddwl mai ymddygiad naturiol merch yn ei harddegau oedd hynny, mi roeddwn i wedi meddwl mai jyst mewn cyfnod anodd oedd hi, ac y basa hi'n dod at ei choed efo amser. Dwi hyd yn oed wedi perswadio fy hun y bydd hi, wedi iddi adael ei harddegau, yn dod yn ferch ifanc ddymunol a hawddgar.

Dim ond un cip sydd angen, ac mae hi'n fy herio fi rŵan. Yn fy rhybuddio i beidio trio closio ati.

'Dewch i mewn.' Agorodd Mr Francis y drws i'r swyddfa fach, gan adael y ddwy ferch i aros eu tynged ar y cadeiriau plastig yn yr ystafell aros. Mae'n cau'r drws y tu ôl iddo.

'Be sydd wedi digwydd, Mr Francis? Dwi'n teimlo'n ofnadwy. Ydy Kay yn iawn?'

Anwybyddodd Mr Francis fi am funud, yna mae'n eistedd ac yn rhoi ei ddwy law ar ystum gweddi o flaen ei geg, fel petai'n ystyried yn ddwys.

'Wel, mae hwn yn helynt digon anffodus mae arna i ofn, Ms Hughes, ond peidiwch â rhoi gormod o gerydd i chi'ch hun. Mae plant yr oed yma'n anodd, cofiwch, a chitha'n brysur a heb neb arall i roi sylw llawn i Ceri, mae'n sicr fod hynny'n ffactor, ond...' Mae'n rhoi gwên fach dosturiol i mi,

'... mae plant yr oed yma angen cymaint o arweiniad, yn tydyn?'

Be mae o'n feddwl wrth hynna? Ydy o'n dweud nad ydw i'n gwneud y job o fagu Ceri'n iawn am mai mam sengl ydw i? Dwi'n teimlo fy nyrnau'n crafangu am ymyl y sêt, a rhywle ym môn fy ngwallt i mae pryfed bach chwilboeth yn sgriffio eu ffordd trwy 'mhen i. Mae llais y Pennaeth yn mynd i fyny ac i lawr yn un dôn ffug-dosturiol.

Dwi'n gwasgu fy nwy law ar fy nglin i'w stopio rhag crynu. Dwi'n gwybod 'mod i'n fam wael heb i hwn edliw hynny i mi. Hwn a'i siwt lwyd a'i groen llwyd a'i ddwylo llwyd. Tydy hwn erioed wedi codi yn y nos at 'run babi, na newid clwt, nac wedi gorfod crwydro'r stryd am ddau o'r gloch y bore'n chwilio am ei blentyn. Y ffŵl! Ffŵl ydy o, bron imi chwerthin yn ei wyneb, fo a'i ffug dosturi, doedd ganddo fo ddim syniad. Wnes i fethu stopio chwerthiniad fach rhag dianc.

'Ond mae hyn yn fater difrifol wyddoch chi, Ms Hughes, ac mae tad Cai Prys wedi bod yn ei nôl,' meddai wedyn, gan siarad yn araf, fel tasa fo'n siarad efo rhywun heb lawer o grebwyll.

'Beth? Be sydd 'nelo Cai Prys â hyn?' Dwi ddim yn deall.

'Mae tad Cai wedi mynd â fo adra, ac mi roedd o'n bygwth mynd heibio Cadeirydd y Llywodraethwyr ar ei ffordd. Ond dwi'n meddwl i mi fedru ei ddarbwyllo i aros nes y byddwn i wedi cael gair efo chi yn gyntaf, Ms Hughes.'

'Y Llywodraethwyr? Ond pam, be sydd a wnelo Cai Prys â hyn?'

'Wel, mi ddaeth un o'r Chweched o hyd i Cai Prys yng nghawodydd yr adran Ymarfer Corff.'

'O?'

'Roedd *rhywun* wedi ei glymu'n sownd mewn cadair efo *ties* plastic, ac roedd *rhywun* wedi rhoi'r gawod ymlaen, ac wedi ysgrifennu rhywbeth aflednais ar ei dalcen efo *permanent marker.*'

'Ond pam fydda unrhyw un isio gneud y fath beth?'

Dwi ddim yn or-hoff o Cai Prys, na charfan weddol helaeth o fechgyn Blwyddyn 11, ond does neb yn haeddu cael ei roi o dan y cawodydd, cyn belled ag y gwn i.

'Nid *unrhyw un* yn anffodus, Ms Hughes. Mae yna lygad-dyst, a gair Cai Prys, mai Ceri a Kay oedd y ddwy oedd yn gyfrifol.'

Yn sydyn dwi'n teimlo fy hun yn ymlacio chydig, ac mae yna rywbeth cynnes yn llifo trwyddaf i. Rhyddhad ydy o ac mae'n llifo trwy fy ngwythiennau. Fedra i ddim deall pam chwaith, dydy clymu rhywun a'i osod o dan gawod oer yn ei ddillad ddim yn rhywbeth i'w gymeradwyo, heb sôn am ysgrifennu ar dalcenni pobl.

'Dwi ddim yma i amddiffyn Ceri o gwbl, Mr Francis.' Dwi'n pesychu i guddio'r rhyddhad yn fy llais. 'Ond tybed ydach chi wedi gofyn iddyn nhw pam wnaethon nhw'r fath beth? Dwi'n siŵr fod yna esboniad.'

Gwenodd y Pennaeth wên fach dynn, a chododd.

'Wel, dewch i ni gael gweld beth sydd ganddyn nhw i'w ddweud, ie?'

Agorodd y drws rhwng ei swyddfa a'r ystafell aros, ac amneidiodd ar i'r ddwy ddod i gymryd sedd yn ei swyddfa. Dwi'n gwylio'r ddwy yn dod i mewn. Mae Kay fel glöyn byw bach carpiog sydd wedi bod wrthi'n trio dianc i'r haul ond yn taro ei hadenydd brau yn erbyn caledwch y ffenestr bob cynnig. A Ceri, ei phen yn isel a'i symudiadau'n herfeiddiol a phendant. Ond mi wn i wrth reddf mam nad ydy'r symudiadau hyderus yn arwydd cywir o'i theimladau hi.

Mae yna rhywbeth arall yn y symudiadau, rhywbeth llawer llai sicr. Yn sydyn mi fedrwn godi i'w chofleidio, ond wna i ddim chwaith.

'Wel, mae tad Cai Prys wedi bod yn ei nôl, ac wrth gwrs rydach chi'ch dwy yn gwybod pam. Mae'n fater difrifol i chi gael deall, ac mae yna siawns y bydd tad Cai Prys, wedi iddo ystyried popeth, yn rhoi cwyn i'r corff Llywodraethwyr, os nad ymhellach.'

Arhosodd y Pennaeth am funud, i'w eiriau greu argraff. Ond rhoddodd Ceri sgwd sydyn i'w chadair.

'Wel? Oes gynnoch chi rywbeth i'w ddweud? Pam, efallai?'

Arhosodd y ddwy yn llonydd a thawel, y ddwy yn syllu ar y carped.

'Ydych chi'n meddwl fod rhoi rhywun yn sownd mewn cadair a'i roi o dan gawod oer yn rhywbeth derbyniol i'w wneud?'

Dim ymateb eto.

'Ceri,' dwi'n trio, 'pam fasat ti isio gneud hynna?'

Cododd Ceri ei ysgwyddau'n bwdlyd.

'Kay?' Mae fy llais yn dawel, yn wastad. Mae ysgwyddau'r ferch yn ysgwyd, mae'r igian crio'n bygwth ffrwydro o'r corff bach brau.

'Fi nath, a fi gath y syniad hefyd.' Bron nad oedd Ceri'n gweiddi'r geiriau. 'Oedd o'n ddim byd i neud efo Kay, dim ond handio'r *ties* i fi nath hi, ac eniwe, roedd o'n haeddu bob dim gath o.'

'Ond pam?'

'Achos mae o'n pric, jyst mega pric afiach. Sach chi'n clywad be mae o a rhai o'r lleill yn ddeud – jyst geiria hyll dach chi'n meddwl ella, *sticks and stones* a'r shit yna. Ond ddim hynna ydy o. Dwi wedi cael llond bol rŵan 'de.'

'Iaith os gwelwch yn dda, Ceri. Os gwnewch chi wylio eich iaith.'

Waeth i'r Pennaeth heb, dydy o ddim yn trio, felly mae'n rhaid i mi drio deall.

'Be mae o'n ei ddweud, Ceri?' Mae'n rhaid i mi gadw'n llais yn dawel a digynnwrf. 'Fedra fo ddim bod mor ddrwg â hynna, neu mi fyddat ti wedi dweud wrth dy athro dosbarth, siawns?'

'Wrth gwrs. Ceri, ydych chi wedi dweud eich cwyn wrth eich athro dosbarth?'

Mae Ceri'n anwybyddu'r Pennaeth. Wnaeth hi ddim edrych arno o gwbl, fel tasa fo ddim yno. Mi roedd hyn rhyngddi hi a fi.

'Hy, deud wrth yr athro dosbarth? Ti'm *even* yn sylweddoli pwy ydy o, Mam. Richie Sports. Paid â bod yn wirion, fedar Cai Prys a'r lleill ddim gneud dim byd yn rong, na fedran? Maen nhw yn y tîm rygbi, ffwti, be ddiawl... Dwi wedi trio deud *loads* o weithia, ond does yna neb isio gwybod, nag oes? Sbia o dy gwmpas, Mam. Edrycha ar Kay a fi. Pwy sy'n mynd i wrando ar *weirdos* fel ni os ydy Cai Prys a'r criw yn deud bod nhw heb neud diawl o ddim byd fel arfar?'

Wedyn aeth ei phen hi i lawr, ei gên hi'n pwyso ar ei brest hi. Roeddwn i eisiau codi i fynd ati.

'Mae'n rhaid dweud, Ceri, 'mod i'n cael trafferth deall sut na fyddai camymddwyn ar ran Cai Prys wedi dod i'm sylw i cyn hyn, os ydy beth rydach chi'n awgrymu yn wir. Ac os gwelwch chi'n dda a wnewch chi wylio eich iaith? Dydy iaith fel yna ddim yn dderbyniol.'

Rhoddodd Ceri sgwd arall i'w chadair, a chodi ei phen i wynebu'r Pennaeth.

'Dach chi ddim isio gwybod, nag oes?' meddai wedyn. 'Sach chi ddim isio gwybod.'

'Dwi ddim yn meddwl fod hynny'n gywir...'

'Na, dach chi ddim isio gwybod. Mae Cai yn mynd on ac on amdanon ni – bod ni'n *rank*, yn *fishy*, yn drewi... Mae'r petha mae o'n ddeud yn afiach, sgennoch chi ddim syniad.'

Arhosodd Ceri am funud, a dyna pryd y ffrwydrodd y dagrau fu'n cronni o waelod bol Kay, nes ei bod yn nadu dros y swyddfa. Mi roedd gen i hancesi yn fy mag yn rhywle, a rhuthrodd Mr Francis i nôl diod o ddŵr o'r sinc fach yn y stafell aros, a galw ar Brenda'r derbynnydd i ddod i roi sylw i'r ferch. Doedd delio efo dagrau merched pymtheg oed ddim yn gryfder ganddo, wrth gwrs. Does yna ddim yn panicio penaethiaid fel Mr Francis na dagrau merched pymtheg oed. Brysiodd i gau'r drws y tu ôl i Brenda a Kay.

'Pam na fasat ti wedi deud wrtha i 'ta?' meddaf innau.

'Achos dwyt titha ddim yn gwrando chwaith, Mam. Ti jyst yn mynd on ac on am y blydi coleg.'

'Iaith, os gwelwch yn dda.'

'Oedd y shit oeddan ni'n gael jyst yn *relentless*. Deud petha amdanaf i, amdan Kay, *gay girls*, a gneud i'r lleill chwerthin arnon ni, fel bod ni ddim yn ddigon sgini, neu ddim yn gwisgo'r petha iawn, neu ddim yn mynd i'r llefydd iawn. Wedyn ddoe, nathon nhw ddwyn ffôn Kay, a cau rhoi hi'n ôl ac oedd y bechgyn wedi fforsio Kay i agor y ffôn efo'i bys, ac oedd Cai wedi rhoi rwbath ar Snap yn cogio mai Kay oedd wedi gneud.'

A dyna pryd newidiodd wyneb Ceri. Mi roedd o'n mynd yn llac rywsut, yn feddal, a'r wefus isa'n crynu, yn union fel byddai hi'n hogan fach. A dyna ydy hi, wrth gwrs, a finnau heb sylwi. Dim ond hogan fach ar goll.

'Dwi isio mynd adra, Mam.'

Am y tro cyntaf ers blynyddoedd wnes i estyn am ei llaw hi, ac mi adawodd i mi wneud.

'Ty'd, 'dan ni'n mynd.'

9

1908

Mae Nhad a finnau yng Nghaermeddyg yn y gweithdy efo
Rhobat Williams.

'Be wneith o efo'r pictiwr wedyn, Rhobat?'

'Dwn i'm, sti, ŵyr o ddim ei hun mae'n debyg. Be fydd
peintars yn gneud efo pictiwrs fel arfar? Eu hongian nhw ar
ryw wal yn rhwla mae'n debyg. Mi fydd pawb wedi anghofio
amdano fo mewn dim o dro, decini.'

'Gobeithio na wneith hynny ddim digwydd, Rhobat, a
chitha wedi rhoi cymint o amsar i ista iddo fo.'

'Dwi ddim yn deall fawr ar bictiwrs, wsti, ond mi fasa'n
well gen i tasa fo wedi peintio'r olygfa o ddrws y gweithdy
'ma. Draw dros y bae am Enlli a thopia'r deri 'ma ar dân ar
ddiwedd dydd fel bydd hi heno 'ma. Mi rown i beth felly ar fy
wal, er 'mod i'n ei weld bob dydd.'

'Nid dangos tlysni'n unig ydy gwaith peintar mae'n debyg
– beth bynnag ydy tlysni'r dyddia yma. Trio dangos sgwaryn
bach o fywyd maen nhw ella? Trio deud rhwbath amdanon ni
yn fan hyn rŵan.'

'Ia, ella dy fod di'n iawn, Ifor, ond dwn inna ddim be ma'r
llun yn ddeud amdanon ni chwaith. Af i ddim cyn bellad â
chdi, cofia, a deud mai celwydd a sham ydy'r cwbl o fewn y
muria yna yn Salem, ond mi wn i be sy gen ti. Mi eith y pictiwr
yna yn angof fel y rhan fwya o'r geriach 'ma sydd o'n cwmpas
ni.'

Dwi'n cofio'n sydyn am lun y beic ges i gan y peintar.

'Ges i hwn gynno fo.' Mae o'n dal ym mhoced fy mrat i.

Mae Nhad yn cydio yn y llun ac yn gwenu, 'Un da ydy o, Gwenni. Cadwa fo i gofio am y peintar. Ma'n rhaid iddo weld rwbath yn Salem Cefncymera ni, neu mi fasa wedi mynd i rwla arall i greu ei bictiwr.'

Mae Rhobat Williams yn chwythu'r llwch llif oddi ar y fainc, ac yn cadw'r cynion bob yn un. Wedyn rydan ni'n mynd allan i flaen y gweithdy.

'Cer i'r gegin at Elen wnei di, Gwenni? Dwi'n siŵr bod yna ddiod oer i ti yno.'

Mae Nhad yn nodio arna i, yn eilio mai dyna fyddai orau, a dwi'n llusgo fy nhraed achos mi wn i be mae hynny'n ei olygu. Maen nhw eisiau dweud pethau heb i mi glywed. Dwi'n aros heibio cornel y gweithdy am funud, ond wedyn mae Nhad yn galw, 'Cofia gau'r giât.' Aros am wich y giât maen nhw, y wich sydd yn dweud 'mod i wedi mynd trwyddi ac yn ddigon pell i beidio medru clywed.

Dwi'n iw-hwian yn ansicr cyn mynd i mewn i'r gegin. Mae hi'n oer yno, a'r crawia ar y lloriau'n crio. Mae fy llygaid i'n araf i gynefino efo'r tywyllwch, ond bob yn dipyn mae siapiau'r dodrefn yn dod yn fwy eglur. Does neb yn y gegin, a dwi ddim yn siŵr be ddylwn i wneud, digywilydd ydy dod i mewn i gegin ddiarth heb gael eich gwadd. Ond mi roedd Rhobat Williams wedi fy ngwadd i, yn doedd?

Ar adegau fel hyn mae bod heb Neta yn fy nharo i, yn sydyn fel yna, heb rybudd. Mi fyddai Neta wedi bod yn gwybod beth i wneud, wedi bod yn fwy eofn na fi. Yn siŵr ohoni hi ei hun, nid fel hyn, yn amau bob cam dwi'n ei gymryd, yn aros, yn hercian, yn troi fy mrat yn fy nwylo chwyslyd. Mi fasa Neta wedi mynd at y bwrdd a rhoi ei thrwyn yng nghanol y jwg llawn rhosod a gwyddfid, ac mi fyddai hi wedi mynd allan yn ei hôl i'r ardd i nôl chwanag o flodau – blodau neidr a blodau menyn, milddail a glas yr ŷd, sbrigyn o hen ŵr a mymryn o flodau'r wermod wen. Mi fyddai hi wedi chwerthin yn hy, a mynd trwodd i ddrws y bwtri i iw-hwian dros y lle. Dwi eisiau teimlo ei nwyfiant hi yn fy ymyl i, yn sicrwydd cynnes, yn fy ngwthio, ei dwrn hi'n gwlwm ar waelod fy nghefn. Mae rhywbeth yn fy nal i ar gefn fy ngwddw yn rhywle, rhyw igian neu ochenaid, rywbeth nad ydw i'n ei ddeall yn iawn.

A rŵan mae hi yma. Mae Neta efo fi yng nghegin Caermeddyg. Mwya sydyn, mae hi yma yn llithro heibio i ymyl y bwrdd, yn chwerthin, yn symud heibio i mi'n gyflym nes fy ngwneud yn benysgafn, yn symud i guddio yn y gilfach wrth ymyl y lle tân, yn symud y celfi haearn cyn rhuthro am y ffenestr a gwneud i'r llenni les chwifio. Yna mae hi'n fan'cw yn clepian ei thraed ar y grisiau cerrig, yn cadw reiat, yn troi'n ôl ata i ac yn tynnu stumiau. Mae Neta mor nwyfus, yn fechan ac ysgafn, yn medru symud a llithro heibio i bobl, fel tasa ganddi adenydd yn lle traed, ei gwallt golau yn adlewyrchu'r haul.

Mi fasa Mam yn dweud y drefn wrthi, fel o hyd, yn cuchio arni, yn trio ei chadw yn ei lle, rhoi caead arni. Mae hi fel Jac yn y bocs neu gath mewn sach, yn goesau a breichiau i gyd, yn stryffaglu'n rhydd.

Mi fedrodd hefyd, mi fedrodd ddenig unwaith i Bermo, efo Sali Edwards. Y ddwy wedi cael eu cario yno ar esgus eu bod nhw angen mynd at y teiliwr. Fuon ni 'rioed at y teiliwr yn Bermo, dim ond merched capel Caersalem fyddai'n cael teiliwr Bermo i wneud dillad iddyn nhw wrth gwrs, merched a gwragedd capteiniaid. Ond mi aethon nhw i Bermo a chael te yng Nghors y Gedol Hotel, meddai Neta.

Dwi'n boeth ac felly'n pwyso fy moch yn erbyn y wal i drio

oeri. Wrth gau fy llygaid rydan ni'n dwy yn ôl yn y llofft yn swatio dan ddillad y gwely, ac mae hi'n ddeifiol o oer yno. Mae Neta'n mynnu rhoi ei thraed ar fy nghoesau i, maen nhw fel talpiau o rew, ond mae Mam yn gwrthod gadael i ni fynd â'r botel ddŵr poeth efo ni i'r gwely gan fod Neta'n cwyno efo llosg eira ar ei bysedd traed, felly mae hi'n trio cynhesu ei thraed ar fy nghoesau i a dwinnau'n trio ei gwthio hi a'i thraed i'w hochr ei hun o'r gwely. Dwi wedi gosod gobennydd i lawr canol y gwely, ac mae hi i fod i gadw i'w hochr hi o'r gobennydd, ond weithiau mae hi'n dweud straeon am gannwyll corff, neu wrachod Coed Wenallt, ac ar adegau felly mi fydda i'n tynnu'r gobennydd iddi gael dod yn nes i fy amddiffyn i tasa yna ddrychiolaeth yn dod i mewn i'n stafell ni.

Rŵan rydan ni yn y gwely yn y llofft gefn eto ac mae hi'n chwerthin.

'Ti isio clywed hanas Bermo 'ta?'

'Oes.'

'Wel, mi aethon ni at y stesion gynta, sti, i weld y bobol ddiarth yn dod oddi ar y trên. Sa ti'n rhyfeddu, Gwenni, dillad crand oedd gynnyn nhw. Hetia ac ymbarelos a bagia bach llaw melfed coch, a'r dynion mewn hetia uchel a siwtia gola. A'r portars yn dod ar hyd y platfform trwy'r stêm efo'r dega o goffra lledar, a rheiny'n drymion ma'n rhaid achos mi roedd rhaid iddyn nhw gael trolia bach i'w symud nhw.'

'Deud am yr hamperi, Neta.'

'Wel, yr hamperi.' A'i thraed hi'n dal yn oer ar fy nghoesau i. 'Hamperi anferth ac mi chwythodd caead un ar agor, felly mi fedran ni weld be oedd ynddi, sti.'

'Be oedd ynddi hi, Neta?' Mae hi wedi tynnu'r dillad gwely i'w hochr hi.

'Ffrwytha na weles i 'rioed mohonyn nhw o'r blaen, poteli a

chyrcs arnyn nhw, bocsys bach ffansi yn llawn cacenni.'

'Sut oeddat ti'n gwybod mai cacenni oedd yn y bocsys?'

'Dwi'n gwybod, sti. Mi weles i rai tebyg yn ffenast y bêcar.'

Dwi'n nodio. Mae Neta'n gwybod am bob dim.

'Wedyn mi roedd yna jaria a'u llond nhw o betha anhygoel, jam mefus a mêl, jaria picls a chabej coch a chig oer a, wannwyl, bob matha o betha. Mi a' i â chdi i Bermo ha' nesa, Gwenni. Mi ofynnwn i Nhad os cawn ni fynd ar y trên. Sa ti'n licio hynny.'

Dwi'n ddifynadd achos mae yna ran well i'r stori. Dwi'n gwthio ei thraed a'i choesau hi'n ôl i'w hochr ei hun. Ac mae hithau'n dal ei gwynt, fel un o'r bobl drama yna o Dyffryn, rheiny oedd yn actio yn y ddrama *Pawen y Mwnci*. Mae hi'n gwybod yn iawn sut i 'nal i mewn gwe.

'Wedyn, mi aethon ni am de i Gors y Gedol.'

'Naddo, Neta, deud yn iawn.'

Mae hi'n chwerthin, yn pryfocio.

'Wedyn... mi welson ni'r ddynas 'ma, yn dŵad fraich ym mraich efo dyn main yr olwg. Mi roedd gynno fo het uchel a siwt dywyll amdano, a ffon efo blaen pres arni. Mi ddoth heibio i mi a dyma fo'n tynnu ei het i nodio arna i ond wsti be?'

Mi roeddwn i'n gwybod yn iawn be roedd hi am ddweud, ond mi roeddwn i eisiau ei chlywed hi'n dweud yr hanes unwaith eto.

'Be, Neta?'

'Nid dyn oedd o o gwbwl, ond dynes. Dynes fain dal, a'i gwallt wedi ei dynnu'n ôl yn dynn am ei phen hi. Mi roedd gynni hi llygada clws – rhai duon – yn treiddio trwyddaf i, yn sbio, sbio, a fedrwn i ddim tynnu fy llygaid oddi arni. Mi roedd hi wedi rhoi swyn arnaf i, ti'n dallt. Ro'n i wedi fy...'

A finnau'n dal fy gwynt achos mi roeddwn i'n gwybod beth oedd am ddod nesa. Ond mae Neta'n aros yn gwrthod mynd yn ei blaen efo'r stori a dwinnau'n gwingo.

'Deud, Neta,' dwi'n sibrwd.

'Ro'n i wedi fy… witsio.' Ac mae hi'n codi ar un fraich, ac yn edrych i fyw fy llygaid i, a'i llygaid hi'n fawr, fawr.

Dwi'n gwichian, ac rydan ni'n dwy yn tyrchu o dan y dillad.

Mae'n rhaid 'mod i wedi rhoi gwich heb sylweddoli. Dwi'n ôl yng nghegin Caermeddyg ac mae Elen Williams yn y drws, y fasged ddillad yn ei llaw, ac mae hi'n dywyll yn erbyn yr haul.

'Wyt ti'n iawn, Gwenni? Dychryn fy ngweld i wnest ti?' Mae hi'n chwerthin ac yn rhoi'r fasged ar y bwrdd. 'Mae hi'n wres, 'ngenath i, ty'd i ni weld be sy gen i yn y bwtri. Rhwbath i'n hoeri ni.'

Wedi gorffen y ddiod ysgaw yn y gwydr tenau, dwi'n diolch iddi. Mae Neta wedi mynd, a phob dim yn llonydd a thawel yn y gegin.

Mae'r giât yn gwichian wrth i mi ei chau eto, ond dwi'n clywed Nhad yn chwerthin: 'Ella ma dy weddi di oedd yn gyfrifol wedi'r cwbl, Rhobat.'

10

2016

'Gwatsiwch!'

'Paid â 'nychryn i, hogan.'

Nain sy'n gyrru, a Ceri sy'n gweiddi, am unwaith dwi'n cadw'n dawel yng nghefn y car. Nain fynnodd fod Ceri'n mynd i'r sêt flaen gan fod yna giatiau i'w hagor, ac yn ôl Nain mi fyddai'n braf i mi gael ymlacio yn y cefn.

Tydy'r gair *ymlacio* ddim yn cyd-fynd rywsut yn yr un frawddeg â *Nain yn gyrru*. Yn barod dwi'n ceisio meddwl sut dwi am godi'r sgwrs efo Nain y byddai'n beth da iddi roi'r gorau i yrru rŵan ei bod hi ymhell dros ei hwyth deg, a'i hymatebiad yn arafu.

'Paid â gweiddi, Ceri, ti'n fy ngneud i deimlo'n nyrfys.'

'Dim hanner mor nyrfys â dach chi'n neud i mi deimlo, Nain. Jeisys, jyst i chi hitio'r *wing mirror* yn y postyn yna.'

'Paid â rhegi.'

'Mae yna le parcio yn fan'na, Nain.' Mae Ceri'n pwyntio at yr arwydd Maes Parcio, efo digonedd o le yno.

'Na, mi barcia i ar stryd yn fan hyn. Mae gynnon ni awr yma yn ddi-dâl.'

'Mae gen i ddigon o bres mân, Nain.'

Wela i'r broblem o fan hyn. Mae Nain am drio gwasgu'r Micra rhwng dwy fan Transit, ac er mai bach ydy'r car, mae'n amlwg i bawb ond Nain nad oes yna le i ddim byd mwy na beic yn y bwlch sy rhyngddyn nhw.

'Dach chi isio i mi fynd allan i helpu 'ta?' Mae Ceri'n cythru am handlen y drws.

'Nag oes, siŵr, aros lle'r wyt ti, dwi'n iawn.'

Mae hyn am gymryd amser.

Bum munud yn ddiweddarach, a chiw o geir wedi hel y tu ôl i ni, ambell i hwtiad, a'r Micra wedi gorboethi, mae Nain yn penderfynu mai'r maes parcio ydy'r lle delfrydol iddi barcio wedi'r cwbl.

'Diolch. Ffacing. Byth,' meddai Ceri, ac mae hi wedi neidio allan o'r sedd flaen efo'r hwdi wedi ei dynnu'n isel dros ei hwyneb, jyst rhag ofn i rywun ei hadnabod. Wedyn mae hi'n mynd i sefyll mor bell ag y gall hi oddi wrth y car i aros i mi nôl tocyn o'r peiriant talu.

'Mynadd,' meddai Nain, gan bwyntio at ei gorwyres, sy'n cuchio dan yr hwdi.

'Panad?' Dwi'n trio tawelu pethau, ond mae 'nhu mewn i'n teimlo fel taswn i'n cymryd set isa Blwyddyn 9 am y pnawn. A dwi i fod i gael bore i ymlacio.

Rydan ni'n gwasgu i mewn i fwrdd wrth y ffenestr yn y caffi. Mae Nain yn edrych yn amheus ar ei *latte*, mae hi'n trio cael gwaelod y gwydr i eistedd yn daclus ar y soser, ond tydy'r gwydr ddim yn ffitio ar waelod y soser ac yn bygwth troi nes bydd y coffi dros y bwrdd.

'Hen lol wirion,' meddai Nain. 'Pam na rôn nhw fo mewn cwpan gall?'

'Achos mai *cappuccino* fasa fo wedyn,' meddai Ceri gan wthio'r *marshmallows* bach i lawr i ganol ei siocled efo'r llwy, nes bod diferion o'r ddiod yn dianc dros ymyl y gwydr.

'Paid â gneud llanast, Ceri, jyst yfa fo'n daclus.' Does yna ddim hwyliau mawr ar Nain bore 'ma.

'Dach chi'n iawn, Nain?'

'Ydw, jyst coffi trwy laeth o'n i isio, sti, Beca.'

'Dyna sydd gennoch chi, Nain,' meddai Ceri wedyn, a rhywsut dwi'n teimlo rhyw ddolen rhyngon ni'n dwy, a dwi'n gwenu tu mewn.

Mae yna ferch ifanc yn dod trwy'r drws gan wthio coetsh, ac mae hi'n stryffaglu i agor y drws a gwthio'r goetsh i'r gornel y tu ôl i'r bwrdd. Mae'r babi'n trio cydio ym mhob dim wrth basio, ac yn cael gafael yn ymyl y lliain bwrdd, ond mae'r fam yn gweld yn ddigon buan, cyn i'r siwgr, yr halen a'r sôs gael eu tynnu efo'r lliain a sgrialu ar hyd y llawr. Mae'r fam yn rhoi llyfr bach clwt i'r babi i'w gnoi, ac yn sicrhau fod y goetsh yn ddigon pell oddi wrth y bwrdd, fel nad ydy'r babi'n medru ei gyrraedd, yna mae'n mynd at y cownter.

Mae Nain yn licio'r babi, achos mae hi'n gwenu ac yn gwneud sŵn crwnian bach arno fo. Mae'r babi'n gwenu'n ôl am funud ac yn lluchio'r llyfr clwt ar y llawr. Mae Nain yn trio ei godi, ond mae hi'n rhy stiff, ac mae'r llyfr wedi glanio dan y bwrdd gyferbyn, felly dwi'n ei nôl a'i roi i'r babi, sydd yn ei luchio eto.

'God, dwi byth isio babi,' meddai Ceri dan ei gwynt ond yn ddigon uchel i bawb glywed.

'Sorry.' Mae'r fam yn ei hôl efo *latte* a phaced o fisgedi.

'Watch out, the glass doesn't fit properly on the saucer,' meddai Nain, 'in case there's an accident. The *latte*.'

'Thanks.' Ac mae'r ferch yn gwenu ar Nain, yn rhoi'r gwydr ar y bwrdd ac wedyn mae hi'n agor y paced bisgedi ac yn rhoi un i'r babi, sy'n lluchio'r llyfr clwt eto, ac yn sugno ymyl y fisged.

'He's enjoying that,' meddai Nain wedyn. 'What's his name?'

'Toby.' Mae'r ferch yn gwenu, ac mae Nain yn nodio.

'Bobby? That's a good traditional name. I had a cousin called Bobby, he was a steady lad.'

Mae'r ferch yn agor ei cheg fel tasa hi am gywiro Nain, ond yn ailfeddwl, yn gwenu eto ac yn troi ei sylw at y babi, sydd wedi sugno'r fisged bron i gyd, nes mae'r sug yn llifo dros ei ên yn ffos frown ludiog.

'Un clws wyt ti, 'de?' meddai Nain wedyn, a dwi'n sylweddoli ei bod hi, fel finnau, yn methu peidio siarad dim ond Cymraeg efo plant a chŵn.

Mae Ceri'n codi, wedi gorffen ei siocled. Yr ochr arall i'r stryd, newydd ddod oddi ar y bws, mae Kay.

'Ti'n mynd?' Mae Nain yn troi oddi wrth y babi. 'I le'r ei di rŵan, Ceri?'

'Mae 'na siop *vintage* dda dwi isio mynd iddi, ac mae Kay yn fan'cw yn aros amdana i.' Mae Ceri'n codi ei bag, ac yn gwthio heibio i ni. 'Diolch am y lifft, Nain,' yna mae hi'n troi'n ôl ati. 'Ga i ddod draw nes mlaen, os bydda i wedi prynu rwbath, ac isio ei altro fo?'

'Cei, tad, mi dynna i'r peiriant gwnïo allan yn barod.'

'Diolch, Nain.' Mae Nain yn estyn am ei bag llaw, ac yn ymbalfalu am ei phwrs. Mae'n tynnu papur deg punt allan ac yn ei estyn i Ceri.

'Na, sdim isio, Nain.'

'Cym o, tra ti'n cael ei gynnig o,' ac mae'r ddwy yn chwerthin wedyn, ac mae Ceri'n troi ata i.

'Ddo i nôl ar y bws efo Kay, iawn?'

'Iawn siŵr, Ceri.'

Dwi'n ei gwylio'n croesi'r ffordd ac mae wyneb Kay yn goleuo. Mae'r ddwy yn amlwg yn falch o weld ei gilydd. Mae'r olygfa o swyddfa Mr Francis yn dod yn ôl i'm meddwl i, y ferch yma a'i hwyneb gwelw, a'r masgara'n llifo. Mae Kay yn edrych yn hapus heddiw, ei gwallt yn rhydd fel cylch o amgylch ei hwyneb, ac mae'n codi ei phen tua'r haul ac yn chwerthin.

Yn sydyn mae yna sŵn cyflafan o'r bwrdd nesa.

Mae'r babi wedi cael gafael ar y lliain bwrdd, ac mae'r *latte*, y siwgr, yr halen a'r sôs ar hyd y llawr i gyd.

'Oh my god!' meddai'r fam.

'Ddeudish i fod y gwydra *latte* yna'n betha tila,' meddai Nain.

11

1908

Mi wnes i aros ac aros amdano, wedi clywed roeddwn i ei fod wedi mynd ar y trên bore 'ma. Wyddwn i ddim ar ba drên y byddai'n dychwelyd, os deuai o gwbl. Ond roedd o'n siŵr o ddod yn ei ôl i Lanbad heno, siawns, lle arall fydda fo'n aros? Beth oedd diben ei daith? Wyddwn i ddim. Ella nad i Landudno roedd Nhad wedi mynd. Doedd Neta ddim yno wrth gwrs, felly i be fyddai'n mentro ar y trên i fan'no? Roedd hi'n daith hir. Ond mae'n debyg bod angen gwneud rhyw bethau swyddogol. Roedd Lizzie'n dweud bod yna lawer o bethau angen eu gwneud pan fyddai pobl yn marw fel yna. Bod yna rywbeth o'r enw cwest i gael gwybod pam fod pobl yn marw. Ond siawns, os mai wedi mynd i'r môr oedd Neta, boddi fyddai hi wedi ei wneud, ac y byddai hynny'n amlwg, heb orfod gwneud y peth cwest yna. Ond does yna neb wedi dod o hyd i Neta eto.

Mi wnes i ddarllen y papur newyddion wedyn, hwnnw mae Albert Richard yn ei roi i Mam i lapio ffa. Ynddo roedd yna hanes dyn o rywle ym Môn oedd wedi boddi wedi i'w gwch bach droi. Doeddan nhw ddim yn gallu nabod y dyn, dim ond oddi wrth ei ddillad. Ond roedd Neta wedi gadael ei dillad ar lan y môr yn Llandudno, dim ond ei phais hi oedd amdani a dwi ddim yn meddwl y basa neb yn gallu nabod rhywun oddi wrth ei phais.

Dwi'n trio peidio meddwl am hynny, ond mae yna rhyw hen

gnoi ynof i o hyd. Dwi eisiau gwybod – oedd yna bysgodyn mawr wedi llyncu Neta? Fel Jona yn y Beibl? Ella y daw hi'n ôl i'r fei, felly, ymhell ar ryw draeth yn rhywle. Ond pan ddywedais i hynny wrth Mam, mi wnaeth hi godi ei llaw i feddwl rhoi clip i mi ar draws fy nghlust, ond wnaeth hi ddim fy nharo fi chwaith, dim ond fy ngalw'n holpan wirion.

'Ddrwg gen i,' meddaf i wedyn, ac mi ddoth ata i wedyn a gafael ynof i a'm siglo, fel roedd hi'n arfer ei wneud pan oeddwn i'n eneth fach.

'Stori ydy hanes Jona a'r morfil, siŵr iawn,' meddai hi. 'Tydy honna ddim yn stori wir yn nac ydy, Gwenni?'

'Ond mae hi yn y Beibl…'

Dwi'n methu deall, mae Mam fel arfer yn taeru fod pob dim sydd yn y Beibl yn ddeddf ac yn wir, a 'mod i fod i fyw yn union fel mae'r Beibl yn ddweud wrthon ni. 'Llygad am lygad' a phob dim.

Mi fyddai yna helynt bob tro byddai adroddiad am ddienyddiad yn y papur newyddion, fel hanes y ddwy wraig honno yn Llundain oedd wedi eu crogi am fygu eu babanod. Mi fyddai Nhad yn mynd o'i go' yn lân, ond ysgwyd ei ben fyddai Mam. Roedd crogi'r merched yn gyfiawn, meddai hi. Pwy fyddai'n mygu babanod bach diniwed? Dim ond gweision y diafol ei hun, a doedd dim ond tân uffern i'w ddisgwyl i'r ddwy ferch.

'Be ddigwyddodd i'r tosturi yna oedd ynddat ti pan briodson ni, Megan?' Ysgwyd ei ben fyddai Nhad wedyn. 'Y Diwygiad wedi caledu dy galon di, rhag gweld trallod pobol. Y merched druan yna.'

Wedyn mi fyddai'n edrych ar y llun o Evan Roberts y Diwygiwr uwchben y lle tân ac yn rhoi chwerthiniad bach chwerw.

Roedd fy ngheg i wedi mynd yn sych i gyd, wrth feddwl am y ddwy ferch fygodd eu babanod yn cael eu crogi. Roedd llun o Neta yn mynnu dod i'm meddwl i, a'i bol hi wedi chwyddo. Be fyddai wedi digwydd iddi hi petai wedi aros i eni'r babi? Ond fel roedd pethau rŵan, yn ôl Mam, roedd Neta'n euog nid yn unig o gymryd ei bywyd hi ei hun ond mi roedd hi wedi cymryd bywyd arall hefyd.

Mi welwn i wedyn pam na fedrai Nhad aros yma i gyd-fyw efo Mam. Roedd y ddau yn gweld popeth mewn golau mor wahanol. A wyddwn i ddim beth i'w feddwl, dim ond na fedrwn i stopio fy hun rhag mwmian *Dyma Feibl annwyl Iesu, dyma rodd deheulaw Duw, dengys hwn y ffordd i farw, dengys hwn y ffordd i fyw.* Rhyfedd ei fod o'n dweud *dengys hwn y ffordd i farw* gynta, ac wedyn *dengys hwn y ffordd i fyw.* Mi faswn i'n meddwl y dylwn i wybod sut i fyw gyntaf ac wedyn sut i farw. Ond nid felly mae pethau, meddai Mam.

'Ddaw Neta ddim yn ôl, Gwenni,' meddai hi wedyn. 'Mae hi wedi dewis ei gwely, beryg, ac nid ym mol 'run morfil mae fan'no.'

Roedd hi'n ôl yn y bwtri yn sgwrio matiau eto. Roedd ei dwylo hi'n gignoeth, roedd hi wedi sgwrio gymaint.

Mae hi'n bnawn poeth arall, a dwi'n eistedd dan y goeden heb fod ymhell o Dy'n y Fawnog, ar y ffordd gefn rhwng stesion Pensarn a Llanbad. Ffordd yma daw Nhad pan ddaw o oddi ar y trên, ddaw o ddim ar hyd Sarn Hir, ac yntau eisiau mynd i fyny am Gwm Nantcol. Dwi'n gorfodi fy hun i ddweud hynny'n uchel, mae o wedi gadael Mam a finnau, ac yn byw i fyny yn y barics manganîs yn nhopiau Cwm Nantcol. Un o fan honno ydy Nhad bellach.

Wrth eistedd ar y wal yn fan hyn, dwi'n gwneud yn siŵr nad ydw i yng ngolwg y tŷ. Dwi ddim eisiau i Mrs Owen, Ty'n y Fawnog gymryd tosturi arna i a 'ngalw fi i mewn, na dim felly. Ond mae yna gysgod braf yma a dydw i ddim yn debygol o weld Lizzie chwaith, achos ddaw hi ddim ffordd yma gan ei bod hi'n sicr fod yna wrachod yn byw yng Nghoed Wenallt gerllaw. Dwi heb feddwl am hynny tan rŵan, ac er mor braf ydy hi yma, dwi'n cadw hanner golwg ar y coed a'r gamfa sy'n arwain yno. Dwi'n gwybod fod yna ddyddyn bach yno, tu hwnt i'r gamfa, ac yno mae Miss Pŵal yn byw, ac yn ôl Lizzie mae hi'n medru dweud eich ffortiwn dim ond wrth edrych ar eich dwylo chi. Tybed be fyddai hi'n ddweud am fy nwylo i? Maen nhw'n hyll – fy ewinedd wedi eu cnoi i'r byw bron. Wrth syllu ar fy nwylo dydw i ddim yn sylwi fod rhywun yn nesu, nes eu bod nhw yno o fy mlaen.

'Gwenni?' Mae Nhad yn aros, ac yn sbio arna i. Efo fo mae yna ddynes bryd tywyll, mewn het wellt a rhuban gwyn arni. Dwi'n syllu arni hi am funud, mae 'ngheg i ar agor.

'Gwenni, be wyt ti'n neud yn fan yma?'

'Aros.'

'Aros am be?'

'Aros amdanoch chi, Nhad.'

Mae o'n chwerthin wedyn, ac yn rhoi cusan fach ar fy moch i. Mae hwyliau da arno fo. Dydy o ddim yn tynnu ei ddwylo trwy ei wallt fel bydd o bob amser adra.

'Aros amdanaf i? Ond pam?'

Yna mae o'n troi at y ddynes ac yn rhoi ei gôt fach ar y wal wrth fy ymyl, ac mae hithau'n eistedd ar y gôt. Mae hi'n fain a dydy hi'n cael dim trafferth codi ei hun i eistedd ar y wal. Dydy o ddim yn aros i mi ateb, ac mae hynny'n iawn, gan nad ydw i'n gwybod yn iawn pam 'mod i'n aros amdano.

'Dyma Gwenni,' meddai wedyn, 'a Gwenni, dyma Edith Williams.'

'Helô, Gwenni,' meddai'r ddynes a nodio. Dydy hi ddim yn ifanc, tua oed Nhad a Mam, ond mae hi'n gwenu ac mae yna rywbeth golau amdani. Ella mai'r het sy'n gwneud hynny, neu'r flows wen a'r les o amgylch y gwddw. Ond mae yna ysgafnder rhyfedd yn ei chylch, a dwi'n methu peidio syllu.

'Wyt ti'n iawn, Gwenni? Ydy Mam yn iawn?' meddai Nhad.

Mae Edith Williams yn llonydd, ei dwylo yn ei chôl, ac mae hi wedi cau ei llygaid. Fedra i ddim meddwl sut y dylwn i ateb. Mae Mam yn iawn yn yr ystyr ei bod hi'n codi bob bore, yn gwneud brecwast, yn golchi pan mae'n ddydd Llun, yn smwddio, yn pobi, yn trwsio ac yn llnau, fel arfer – bob amser yn llnau. Felly dwi ddim yn ateb, ac eto tydy Nhad ddim yn aros am ateb.

'Fuoch chi ar y trên?'

'Do.'

Mae Edith Williams yn nodio, ac yn codi bag llaw bach clwt ac yn agor y clasb. Mae hi'n cynnig da-da i mi o fag papur llwyd.

'Diolch... ond Neta?' Fedra i ddim meddwl sut y dylwn i ofyn os mai mynd ynghylch Neta wnaethon nhw, ond mae Nhad yn gwybod.

'Ia, mae'n rhaid gneud trefniada.'

'Pa fath o drefniada?'

'Wel, mae angen...' Ond mae Edith Williams yn rhoi ei llaw allan ac yn cyffwrdd ysgwydd Nhad.

'Ifor, gwell pwyllo,' meddai hi. Mae Nhad yn codi ei ben i edrych arni ac mae hi'n crychu ei haeliau. Mae Nhad yn edrych ar ei sgidiau wedyn ac yn symud carreg rydd o'r ffordd efo blaen ei droed, ac yn tynnu ei law trwy'i wallt.

Rydan ni i gyd yn aros yn dawel am sbel, mae yna rywbeth

ym môn y clawdd yn symud. Llyffant sydd yna, ac mae Nhad yn mynd i lawr ar ei bengliniau i edrych arno, ac mae o'n ei godi yn ei law.

"Rhen greadur! Edrych, Gwenni, mae o'n swrth, wedi crwydro rhy bell o'r ffos, a hitha'n gythgiam o boeth. Ty'd, rown ni o'n ôl yn y gors.'

Rydan ni'n dau'n mynd am y gamfa sy'n mynd trwodd i Goed Wenallt, gan adael Edith Williams ar y wal.

Mae'n oer braf dan yr helyg, ac mae Nhad yn codi llodrau ei drowsus ac yn diosg ei sgidiau a'i sanau er mwyn mynd â'r llyffant i mewn i'r gors. Fyddai ddim rhaid iddo fo wneud, mae hi'n ddigon sych, ond mae o'n galw arna i wneud 'run fath.

Rydan ni'n dau yno, a'n traed ni'n wyn yng nghanol y llysnafedd du-las. Yna mae Nhad yn rhoi'r llyffant yn fy llaw i. Mae'r llyffant yn hollol lonydd, dim ond ei lygaid o'n symud, mae ei groen o'n rhy sych. Mi wn i nad ydy o'n iach, ond mae'n neidio o'm llaw i ac yn diflannu i ganol y deiliach a'r llaid.

'Dyna fo'n mynd, mi fydd yn iawn os arhosith o dan y coed 'ma, sti, cadw'n oer a llaith.'

'Bydd.'

'Gwenni.' Mae Nhad yn estyn ei law i mi fynd yn ôl at y lan rhag i mi suddo ymhellach i laid y gors. 'Gwenni, ella basa well i ti beidio sôn wrth dy fam dy fod di wedi 'ngweld i ac Edith heddiw. Wsti, wneith hi ddim ond styrbio.'

'Ond ella basa hi isio clywed eich bod chi wedi bod yn gneud trefniadau, wyddoch chi, dros Neta.'

Mae Nhad yn tynnu anadl sydyn. 'Ma'r dŵr 'ma'n oer, tydy?' medda fo. 'Na, does dim isio deud dim am Neta wrthi. Mi fydda i wedi gneud trefniadau pan fydd angen. Paid â styrbio dy fam.'

'Iawn.'

'Gwenni?'

'Ia?'

'Ddoi di fyny rhywbryd i'r Cwm i'n gweld ni?' Mae o'n gweld 'mod i'n petruso, mi fasa'n rhaid cael esgus i ddeud wrth Mam. Na, rheswm – rhaid i mi gael rheswm i fynd i fyny i'r Cwm. Mae hi'n fam i mi a dwi ddim eisiau ei thwyllo hi. Mae Nhad yn synhwyro 'mod i'n anesmwyth.

'Mi awn ni i hel llus,' meddai wedyn.

''Swn i'n licio hynny.'

12

2016

'Fydda i ddim yma am byth, yn na fydda?'

'Does yna neb yma am byth, Nain.'

'Wn i, ond fydda i ddim yma efo chi'ch dwy, yn na fydda? Dwi'n mynd i oed, Beca.'

Ydy hi'n sâl? Mae hi wedi torri yn ddiweddar, dwi wedi sylwi ar hynny, yn fwy bregus.

'Oes yna rywbeth yn bod, Nain? Sgynnoch chi boen?'

'Nag oes siŵr, heneiddio ydw i, yndê. Mae o'n digwydd i bawb. Dim ond isio i ti sylweddoli na fydda i ddim yma efo chdi, wsti.' Mae hi'n edrych ar ei dwylo wedyn, ac yn rhoi rhyw ysgydwad fach i'w phen. 'Ddim ymffrost ydy o, Beca, nid 'mod i'n meddwl 'mod i'n bwysig nac yn anhepgor na dim felly, ond does gen ti neb arall ond Ceri nag oes, wel a… dwi'n poeni yn dy gylch di.'

'Does dim isio.'

'Hm.'

Fedra i ddim dweud wrthi rŵan 'mod i wedi ysgrifennu llythyr yn dweud 'mod i'n ymddiswyddo, a 'mod i'n ei gario efo fi yn fy mag ers dros wythnos yn trio magu plwc i'w roi ar ddesg Mr Francis. Ddoe mi fedrwn fod wedi ei dyrchu o fy mag ar amrantiad, ond ches i ddim cyfle ddiwedd y dydd. Heddiw wedyn wedi diwrnod da efo'r criw darllen, mi geith aros yn fy mag i eto am sbel, ac ella na wna i ddim ei roi mewn wedi'r cwbl.

'Dachi'n ei licio fo, Nain? Hwn ges i efo'ch pres chi, ylwch.'

Mae Ceri, Kay a Dafydd wedi bod trwodd wrth fwrdd y gegin trwy'r pnawn yn torri a gludo, gwnïo ac ail-wneud. Mae Kay yn sefyll yn y drws yn gwisgo'r campwaith. Crys efo patrwm *paisley* arno, ond bod yna ddarnau wedi eu torri ohono, a darnau eraill wedi eu gwnïo ar ei draws. Mae'r goler wedi ei throi ar i fyny a gleiniau llachar fel diemwntau ffug wedi eu gludo ar ei hyd.

'Ga i hwn gynnoch chi? Ydach chi isio'r lliain yma eto? Dim ond y darn ffril yma dwi isio.'

Mae Ceri'n dal hen liain bwrdd gwyrdd *chenille* yn ei llaw.

'Cei, ond nid ffril ydy hwnna, Ceri. *Fringe* ydy o, ac mae gen i ddarn arall gei di i fynd efo fo, *tassle* yn y bocs lle cest ti hwnna. *Tassle* rhyw hen lenni i fatsio.'

'Dwi angen y *fringe* i neud barf y diafol ar y gwaelod, ylwch.' Mae Kay yn troi ac ar hyd cefn y crys mae llun Siân Owen wedi ei wnïo, a gwaelod ei siôl yn rhedeg ar hyd gwaelod y crys.

'Mae hynna'n glyfar. Lle gawsoch chi'r defnydd efo llun *Salem* arno fo?'

'Dafydd wnaeth gymryd ffotograff o'r llun a gyrru amdano wedi ei roi ar ddarn o ganfas fel 'na, sbia.'

Dwi'n sylwi bod wyneb Ceri'n fyw. Dydy hi ddim yn rowlio ei llygaid arna i heddiw i ddweud 'mod i mor anobeithiol o ddi-glem, a 'mod i'n gofyn cwestiwn gwirion. Does yna ddim chwithdod na thynnu'n groes.

'Mae o'n dda, dydy?' Dafydd sy'n sefyll ychydig yn ôl, yn gwenu'n swil, ei gamera yn ei law. 'Dwi wedi cymryd ffotograff o bob un cam. Ydach chi isio gweld?'

'Mae o'n smart, Ceri,' meddai Kay, 'Ti'n rili glyfar, sti, yn gallu gneud petha fel'ma. Meddylia'r pres ti'n safio.' Kay a'i chorff bach eiddil, bron ar goll dan bwysau'r greadigaeth.

'Dyma nhw'r lluniau.' Mae Dafydd yn rhoi'r camera ar y bwrdd wrth ymyl Nain.

Mae'r sgrin fach ar ochr y camera'n goleuo, a dwi'n gweld y darnau ar fwrdd cegin Nain yn cael eu trawsnewid yn nwylo Ceri, gam wrth gam, bwyth wrth bwyth. Ceri'n torri'r darnau, yn eu troi ffordd yma, ffordd acw, yn eu pinio, eu rhoi dan droed y peiriant gwnïo, ac wrth wylio'r sgrin dwi'n gweld y trawsnewidiad, fel tric hud a lledrith. Yn troi hen recsyn di-werth yn ddarn o gelf – y crys sydd gan Kay amdani. Ac yn sydyn, dwi'n sylweddoli mor ddi-glem dwi wedi bod. Mae Ceri'n iawn, mae hi wedi bod yn iawn i rolio llygaid arna i, achos doeddwn i ddim wedi gweld dim o hyn. Mae Kay yn troelli rownd a rownd, nes bod Siân Owen yn chwyrlïo yn ei het. Rydan ni'n chwerthin, ac mae Dafydd yn codi'r camera ac yn trio dal hyn ar y sgrin. Dwi'n gobeithio medr o ddal pob dim, achos mae gen i deimlad braf yn fy nghrombil yn rhywle.

'Ond does yna ddim diafol yn y llun go iawn, Ceri, pareidolia ydy hynna.'

Dim ond fi sy'n clywed Nain, mae'r lleill yn trio rhoi'r *fringe* yn sownd ar hyd gwaelod y crys efo pinnau.

'Dim ond stori wirion ydy honno, rwbath i'n dychryn ni, gweld wynebau mewn petha. Hen lol.'

Maen nhw'n gorffen gwnïo'r *fringe* ar y crys, ac wedi'r glep ar y drws, dwi'n eu gwylio nhw'n mynd ar hyd y ffordd tuag at y traeth, y tri yn camu'n dalog, yn pwnio'r naill a'r llall, yn chwerthin, yn hanner rhedeg, yn neidio'r ffens fechan rhwng y ffordd a'r prom. Mi gawn nhw luniau da heddiw a'r pyst haul yn suddo i'r môr, a'r gwynt yn codi'r swnd fel lluwch. Dafydd sydd y tu ôl i hyn dwi'n amau, am i Ceri greu portffolio o'r darnau mae hi'n eu creu. Mae o wedi cymryd Ceri dan ei adain, yn gollwng syniadau bob yn un, fel briwsion, a hithau'n eu codi, a'u troi yn ei meddwl. Mae o'n gweld rhywbeth na welais i, heibio i'r odrwydd a'r chwithdod mae yna rywbeth arall. Mae'n debyg mai dim ond Dafydd a Kay sy'n gallu gweld hynny ynddi, am eu bod hwythau ar gyrion pethau o hyd, ond wrth fod ar y cyrion y gwelith rhywun y darlun llawn, mae'n debyg. Mae'n anoddach gweld y gwir pan ti'n y canol.

'Mae hi'n hapusach.'

'Ydy, mae hi.'

'Fedri di estyn y bocs acw i mi?'

Mae hi'n cyfeirio at y bocs ddaeth i lawr o'r atig, ac mae hi'n tynnu llyfr lloffion allan ohono. Rydan ni'n dwy'n chwerthin wrth weld hen doriadau papur newydd – fi mewn parti cerdd dant yn Steddfod yr Urdd, fi eto efo criw yn glanhau'r traeth, yn chwifio bachyn coes hir a darn o bapur sglodion ar ei flaen.

'Oeddach chi'n gneud i mi wisgo'r petha rhyfedda.'

'Dyna'r ffasiwn amsar hynny, siŵr. Be oeddan nhw'n galw'r dillad sglein yna sy gen ti amdanat yn fan'na?'

'Shell suit. Dwi'n cofio honna'n iawn, mi naethoch chi ei phrynu pan aethoch chi i Lerpwl, ro'n i wrth fy modd efo hi. Bechod nad ydy'r llun mewn lliw. Dwi'n cofio'r teimlad llithrig yna oedd arni, a'r lliw glas a phiws llachar.'

Dwi'n troi tudalen eto, nes i mi weld llun Taid.

'Taid. Roedd o'n ddyn smart, yn doedd?'

'Oedd, wel, ro'n i bob amser yn ei weld o'n ddyn hardd beth bynnag.'

'Mi roedd o Nain, ac yn ffeind.'

'Oedd.'

Dydy Nain ddim yn ddynes sentimental, am wn i. Pan gollon ni Taid, mi roedd y galaru wedi bod fisoedd ynghynt am y dyn talsyth, doeth. Roedd ei iechyd wedi torri, ac wedi ei adael fel cragen wag ar lan môr, a doedd Nain ddim am adael iddo fynd oddi wrthi i gartre na dim felly. Fu ddim rhaid ei wylio'n dirywio'n hir, a bron nad oedd hi'n rhyddhad pan fuodd o farw. Mae'n siŵr na fues i'n fawr o help iddi ar yr adeg honno chwaith, a finnau yng nghanol fy helyntion fy hun.

'Doedd hi ddim yn hawdd i chi adeg honno, Nain.'

'Nac i titha.'

'Wel, mi naethoch chi fod yn gefn i mi adeg geni Ceri a hynny dim ond chydig wedi i Taid farw a bob dim.'

'Oedd gynnon ni'n gilydd, yn doedd?'

'Oedd, mae'n siŵr.'

'Dyna dwi'n ddeud 'de, Beca, roedd gynnon ni'n gilydd.'

'Ac mae gen inna Ceri.'

Dwi'n tyrchu eto ac yn dod o hyd i lun arall. Hen wraig.

'Mam,' meddai Nain.

'Faint fasa ei hoed hi'n fan'na?' Dwi'n troi'r llun drosodd, 1972. 'Faint fasa hi, felly?'

'Cael ei phen-blwydd yn bedwar ugain mae hi, dwi'n meddwl yndê. Gad i mi ei weld o.' Mae hi'n gafael yn ymyl y llun ac yn nodio. 'Ia, mi aethon ni am de bach i Port.'

'Da.' Rydan ni'n dawel am funud a dwi'n gwneud y sym. 'Roedd hi'n eitha hen yn eich cael chi felly, doedd?'

'Oedd, mae'n debyg, dros ei deugain beth bynnag. Ond fasat ti ddim yn deud arni chwaith. Mi ges i blentyndod da, sti, hapus a llawn egni. Mi roeddan ni'n gneud lot, yn cael mynd llawer iawn. Roedd hi'n ddynes benderfynol mewn rhyw ffordd. Yn wahanol mewn llawer ffyrdd i ferched ei hoes hi – doedd hi ddim yn fodlon cymryd dim. Ac yn wahanol iawn i wragedd fan hyn. Pan ges i 'ngeni ddaeth hi'n ôl ffor' hyn ti'n gweld. Mae'n debyg pan fuo hi'n byw yn Lerpwl, mi roedd yna ddigon o wragedd tebyg iddi. Ond mi roedd hi'n dderyn brith ym Meirionnydd. Dwi'n meddwl bod lot o bobol yn ei gweld hi'n ddynas anodd – roedd yna ryw haearn ynddi. Ac wrth gwrs doedd hi ddim yn ddynes capal, yn nag oedd? Mi roedd rhan fwya yn mynd i'r capal radag honno, sti – wel, y Cymry beth bynnag. Felly doedd hi ddim yn cael ei chynnwys rywsut ym mhetha'r lle yma. Ond mi roedd ganddi hi ei rhesymau dros droi cefn ar y capal.'

'Lle maen nhw'n fan hyn? Ydyn nhw dramor? Mae'n edrych yn braf yna.'

'Digon posib, Ffrainc, mi fydda Father yn gyrru i Ffrainc. Mi roedden nhw'n licio mynd i lefydd, ar eu gwylia, mynd i aros at ffrindia, wedi arfer mae'n debyg, yndê. Doedd hi'n ddim byd i ni fynd am benwythnos i Gaer neu Lerpwl, a phellach. Mi fuon ni ar y llong i'r Eil o Man unwaith, er doedd hynny ddim yn llwyddiant mawr chwaith, mi fuo Father yn sâl môr yr holl ffordd yno ac yn ôl. Mi roedd ganddyn nhw ffrindia lawar, pobol 'run fath â nhw. *Bohemian* fasat ti'n eu galw nhw heddiw, mae'n debyg.'

'Mi roedd hi'n ddynas arbennig, doedd?'

'Oedd.'

Dwi'n ei gadael hi'n mynd trwy'r bocs, ac yn mynd trwodd i glirio bwrdd y gegin. Dwi'n rhoi'r caead yn ôl ar y Singer, a'i chadw yn ôl yn y twll dan staer.

13

1908

Dwi'n tynnu fy het ac yn ei rhoi yn y fasged achos mae'r
rhuban yn crafu dan fy ngên i ac mae hi'n sobor o boeth. Mae
hi'n daith o bron i bum milltir i dopia Cwm Nantcol, ac er i
mi gychwyn cyn cŵn Caer, mae'r daith ar i fyny'r holl ffordd
a dwi'n chwys diferol. Fel arfer, am Ddrws Ardudwy fydden
ni'n mynd i hel llus, ond ella bydd yn rhaid mynd heibio Nhad
i'r barics yng Nghraig Ucha gynta, ac mae honno'n siwrnai
wedyn.

Pan dwi'n dod i lawr yr allt o Ffridd Glanrhaeadr dwi'n
sylwi ar rywun yn eistedd ar y garreg wrth dŷ Cilcychwyn.
Nhad ydy o yn aros amdana i, a dwi'n cychwyn rhedeg.

'Ara deg, rhag ofn i ti fynd ar dy drwyn.'

Mae gan Nhad feic, un na welais i o'r blaen, mae yna fasged ar
ei du blaen. Beic merch ydy hwn, mae beic Nhad yn Llanbad.

'Ti am roi dy becyn yn y fasged? Dos di ar y beic i ddechra,
draw at y bont.'

Dwi'n codi'n sgert a 'mhais ac yn rhoi cwlwm yn eu godra.
Dwi'n gallu reidio beic. Mi ddysgodd Nhad Neta a finnau
un gwanwyn. Wedi cael beic bach gan Rhobat Williams
Caermeddyg oedd o, a fynta'n dweud nad oedd ganddo
ddefnydd iddo erbyn hynny, a'r ferlen a'r trap yn fwy handi i
gario neges.

Mi ddysgodd Nhad ni i reidio beic ar Sarn Hir, gan fod y
ffordd yn wastad, er bod pyllau dŵr ynddi. Gafael yng nghefn

y sêt fydda fo, a rhedeg efo fi, a Neta'n rhedeg ochr yn ochr â mi gan 'mod i'n gwyro ac ofn cael codwm. Wedyn mi roddodd Nhad wthiad i'r sêt nes i mi wibio yn fy mlaen a gorfod i mi gadw 'malans, a medru hefyd. A Neta a Nhad yn chwerthin er bod eu dillad nhw'n stremps i gyd. Neta oedd yr orau am reidio beic, mi fedrai hi fynd yn gynt na bechgyn Llanbad. Roedd hi'n hogan gre, a di-ofn, ac mi heriodd un o'r hogia hi unwaith i reidio'r beic dros ganllaw'r bont, ond wrth i ddau o'r hogia stryffaglu i godi'r beic i ben y garreg isa mi ddaeth dyn Wenallt Stores heibio a rhoi andros o drefn i'r hogia am ddwyn ei beic hi. Mi fyddai Neta'n ffitia chwerthin yn ail-ddweud y stori wrtha i, a'r gwely'n siglo, a Mam yn gweiddi trwy'r pared ar i ni gysgu.

Mae'n deimlad braf cael mynd ar y beic heddiw. Dwi'n mynd chydig pellach na'r bont gan fod yna allt fechan wedyn, a dwi eisiau teimlo awel ar fy mochau wrth fynd i lawr yr ochr arall. Wedyn dwi'n aros i Nhad ddal i fyny efo mi, ei dro yntau ydy cael mynd ar y beic rŵan.

'Nage, mi gerddwn ni'n dau. Dod â'r beic i gario'r llus wnes i, mi wna i dy ddanfon di a'r llus nes down ni at y felin ddiwadd pnawn.'

'Os cawn ni lus, yntê?' meddaf innau.

Gwenu wnaeth Nhad, fy ngweld i'n debyg i Mam mae'n siŵr, y gwpan hanner gwag.

'Paid â chyfri dy gywion…' fyddai Mam yn ddweud o hyd.

Rydan ni'n gadael y beic wrth y clawdd wedi i ni gyrraedd pen draw'r ffordd, ac yn mynd trwy'r giât fach ac am y mynydd a Drws Ardudwy. Mae'n sych dan draed nes down ni at y ffos, ac mae'n rhaid camu'n ofalus ar hyd y cerrig gwastad. Fiw i ni roi ein traed oddi ar y cerrig yn fan **hyn** neu mi fydd y siglen yn llyncu'n sgidiau, ac yn gwrthod gollwng.

Mae Nhad yn cymryd y fasged gen i ac yn dal ei law i mi gael neidio.

Rydan ni'n dau'n cerdded heb siarad. Felly bydd hi efo Nhad – chydig o siarad wneith o.

'Deudwch stori'r trempyn, Nhad.'

Dwi eisiau iddo fo siarad weithiau, a dwi eisiau stori'r trempyn, er 'mod i'n ei gwybod hi'n iawn, a dydy Neta ddim yma efo ni i redeg yn ei blaen i gymryd arni 'nychryn i.

'Wel, yn fan hyn o'n i, yndê – fi a Styfn bach, wedi dod o'r ysgol ac am fynd i hel mymryn o lus i'n mama gael gneud cacan. A weli di lle mae'r giât fach acw yn agor am yma? Wel, mae yna ddarn o'r wal ar y dde yn fan'na, yn does, a fedri di ddim gweld heibio'r gongl heb fynd trwy'r giât yn na fedri? Wel, dyma Styfn bach trwodd gynta. "Hel llus ydach chi?" medda rhywun, a'r garreg ateb yn gweiddi "Hel llus ydach chi?" A Styfn yn gwichian ac yn trio'i ora i ddod yn ôl trwy'r giât, ond mi roedd y glicied wedi mynd yn sownd wrth iddo fo roi clec ry hegar iddi. A dyna'r hen drempyn yn dechrau chwerthin, ac wrth chwerthin yn dechra tagu a chwyrnu, a ninna'n meddwl ei fod o am fygu, a'r creigia o'n cwmpas ni i gyd yn chwyrnu. Wedi i mi fedru agor y giât i Styfn bach ddod yn ôl ata i, dyna ni'n dechra rhedeg 'nôl am i lawr, a chwerthin yr hen drempyn yn ein dilyn ni ar hyd y creigia'r holl ffordd.'

Mae Nhad yn cymryd ei wynt, ac yn tawelu, fel tasa dweud y stori wedi bod yn andros o ymdrech iddo. Mae o'n arafu ac yn aros i mi agor y giât.

'Sgynnoch chi ofn bod y trempyn yno eto heddiw, Nhad?' dwi'n chwerthin.

'Nac oes, ond mi wn i pwy fasa'n licio bod yno'n cuddio, yn barod i afael yn dy ffêr di wrth i ti basio.'

Ac fel tasa fo'n sylweddoli ei fod o wedi rhoi cadach gwlyb ar ben tân y diwrnod, mae'n codi ei ben yn sydyn ac yn gwenu,

'Ty'd, awn ni i lawr at yr olchfa i gael ein brechdan gynta. Mae'n rhaid dy fod di ar lwgu bellach.'

Pan fyddan ni efo Nhad, fyddan ni'n cael torri rheolau. Fel arfer dim ond wedi i ni hel hanner llond y fasged fyddan ni'n cael ein cinio.

Ond unwaith rydan ni yn y llwyni llus, mae Nhad yn dechrau hel, a dwi'n gwybod na ddaw o i lawr i gael ei ginio at yr olchfa am sbel. Rydw innau'n trio codi fy sgert i gamu trwy'r grug a'r llwyni.

'Mi af i â'r fasged i lawr, ia?' dwi'n galw, ac yn mynd yn fy mlaen. Mae gen i awydd tynnu fy sgidiau a'm sanau i roi 'nhraed yn y dŵr, ond wrth ddod i lawr dros y clip lle medra i weld yr afon a'r olchfa, dwi'n clywed sŵn chwerthin, a dyna pryd dwi'n eu gweld nhw. Fedra i ddim dweud pwy sydd yno yn syth, dim ond gweld eu siapiau nhw yn y dŵr, a synnu pa mor wyn ydy eu crwyn nhw. Lleisiau merched dwi'n ei glywed, felly dwi'n mentro'n nes, yn dal fy sgert yn uchel am fy nghanol, ac yn dal y fasged yn y llaw arall. Tydy troedio trwy'r grug a'r llwyni llus ddim yn hawdd, ond dwi'n trio symud heb iddyn nhw fy ngweld i. Ond mae un droed yn mynd i dwll rhwng dwy garreg a dwi'n simsanu. Mae'r fasged yn cael ffluch a dwi'n disgyn ar fy hyd i'r grug. Dwi ddim yn brifo, mae yna ddigon o fwsog a rhedyn i 'nghynnal i. Mae oglau llaith y pridd a'r gwyrddni yn fy nhrwyn, a mymryn o rywbeth melysach. Mae'r grug yn cosi 'ngwar i, ond dwi'n dewis aros yno ar fy nghefn. Mae'r chwerthin wedi tawelu, dim ond sŵn mwmian, sibrwd y ddwy yn y dŵr, suo gwenyn, clecian ceiliog rhedyn ac ambell fref ar y creigiau. Sŵn cyfarwydd, y ddaear yn llithro ar ei hechel, y creigiau uwch fy mhen yn hel yn hanner cylch a'r awyr yn las, las. Dwi'n gadael i'r haul daro ar fy wyneb i – mi ddylwn wisgo fy het, ond mi wna i 'run fath â Neta a gadael i'r pelydrau beintio brychni hyd fy nghroen. Wrth godi ar fy ochr mi fedra i sbecian rhwng y llwyni llus, a dwi'n gweld y ddwy yn yr afon.

Mi wn i pwy ydyn nhw rŵan – y ddwy sy'n dod i dreulio'r haf yn Artro Cottage. Maen nhw'n dod efo trên i Bensarn, ac mi welais i Mr Thomas Wenallt Stores yn mynd â merlen a thrap yno wythnos diwethaf, wedi bod yn nôl neges oddi wrth y trên iddyn nhw. Yn ôl Lizzie mi gawson nhw hamper fawr yn llawn bwydydd gwahanol, ac mi gafodd brawd bach Lizzie oren gan un ohonyn nhw – yr un bryd golau, Miss Coulson, honno sy'n gwenu fwya, gwenu a nodio. Dydy'r llall ddim mor barod ei gwên, yn fwy plaen, ei gwallt hi'n dynn dan fowlar. Dydy hi byth mewn ffrogiau crand fel Miss Coulson. Gwisgo côt fach dros ei chrys fydd hi, a sgert blaen dywyll, a ffon yn ei llaw fel dyn. Dwi'n teimlo gwefr fechan, a dyna pryd dwi'n deall. Hon welodd Neta ar blatfform Bermo, siŵr iawn. Y ddwy yma oeddan nhw. Mi rown i'r byd am i Neta fod yma rŵan efo fi.

Dwi'n cofio sgwrs Mam efo un o wragedd Moriah.

'Cadw ysgol i ferched byddigion maen nhw, chi.'

Mi fyddai Mam wedi licio tasa ganddi'r modd i fy ngyrru i ysgol Dr Williams yn Nolgellau, fel Margaret Lloyd George, i minnau gael y siawns i briodi rhywun o bwys.

'Ysgol bobol fawr i dy droi di'n *lady*.'

Mae yna sŵn dŵr yn tasgu yn dod o'r olchfa eto a dwi'n ôl yn sbecian. Maen nhw fel darlun wedi ei beintio, yn hardd mewn ffordd heddychlon rywsut, fel tylwyth teg y dŵr. Mae gwallt Miss Coulson yn llifo y tu ôl iddi fel gwymon, dwi'n synnu at ei chroen, bron yn glaerwyn, a'i bronnau trymion. Yna mae'n troi i wynebu Miss Robertson ac mae honno'n symud tuag ati, ac yn codi ei llaw i hel cudyn gwlyb o wallt Miss Coulson oddi ar ei hwyneb, yna mae'n ei chusanu.

Wrth fy nhrwyn mae dail bach gwyrddion y llwyni yn crynu yng ngwres yr haul, a dwi'n sylwi fod staen piws y llus wedi staenio rhuban fy het i. Dwi'n codi'n ddistaw bach ac yn mynd ar fy nghwrcwd trwy'r llwyni, rhag ofn iddyn nhw 'ngweld i.

Unwaith dwi dros y clip, dwi'n gweld Nhad. Mae o wedi hel ymhell dros waelod y fasged o lus yn barod.

'Awn ni fyny am Fwlch yr Haul?' dwi'n rhuthro, fy ngeiriau'n rhedeg dros ei gilydd fel dafnau dŵr. Mae Bwlch yr Haul bron yng ngolwg Trawsfynydd.

'Wyt ti ddim isio mynd am yr olchfa?'

'Nac oes, mi awn i fyny, ia? Gan ei bod hi mor boeth, ella cawn ni fwy o awel fan'no.'

Dwi'n rhuthro ar hyd y llwybr o'i flaen.

14

2016

'Fydda i ddim adra tan heno, Mam.'

Mae Ceri'n rhoi'r glep arferol i'r drws cyn i mi fedru galw arnyn nhw i fod yn ofalus. Mae Dafydd wedi pasio ei brawf gyrru ac wedi cael hen fan Ford oedd gan ei dad. Mae'r fan yn andros o hen, felly mewn gwirionedd fedr o ddim gyrru achos mae hi'n gwneud y sŵn rhyfedda dim ond wrth fynd o un gêr i'r llall, ac mae hi'n dolciau i gyd. Dwi'n cofio'r teimlad o ryddid ges i pan wnes i basio fy mhrawf gyrru – roedd bysiau a threnau mor brin. Dwi'n codi fy llaw arnyn nhw achos dwi'n gwybod pa mor braf ydy'r teimlad o fedru gyrru oddi yma, hyd yn oed tasa fo ddim ond am y diwrnod.

Mae gen i feddwl o Ed, tad Dafydd, mae wedi cefnogi ei fab a thrio ei warchod rhag y crechwenu a'r rhagfarnau sy'n hel fel hen lwch mewn corneli. Mi fydda fo felly yn yr ysgol hefyd, dwi'n ei gofio yn fachgen ychydig iau na fi. Hogyn cry', ffarmio a dim byd arall oedd ei fryd, a dyna fu – gadael yr ysgol i fynd i ffarmio efo'i rieni. Priodi a chael dau fab i'w olynu yntau, peth mawr ydy olyniaeth, mae'n debyg. Sgwn i os caiff Dafydd gyfle i ffermio hefyd? Ydy ffarmwrs ffordd yma yn barod amdano? Dwi ddim yn siŵr ydy Ceridwen, mam Dafydd wedi derbyn bod ei mab yn hoyw eto, ac nad rhywbeth y bydd o'n tyfu allan ohono ydy'r awydd i roi strîcs pinc yn ei wallt. Nid mab felly roedd hi eisiau, ar y dechrau ella. Ceridwen sydd bob amser yn poeni am be fydd pobl yn ddweud, a'r gymuned ffermio mor barod i wylio ei gilydd, gan hel y bobl ddifyrra oddi yma.

'Ydy o o bwys?' meddaf un noson pan gafodd Ceridwen a finnau fynd ar y trên i Port am bryd o fwyd, a'r gwin yn cynhesu yn ein dwylo ni am fod gynnon ni gymaint o waith siarad i'w wneud.

'Ydy o bwys be ddeudith pobl? Sgen ti feddwl ohonyn nhw? Y bobol 'ma mae gen ti gymaint o ofn eu barn nhw? A petai gen ti feddwl ohonyn nhw a fyddan nhw'n haeddu dy barch di?'

A hithau'n ysgwyd ei phen.

'Dim felly.'

'Wel, be ydy o bwys amdanyn nhw, Ceridwen?'

'Gwylio'n gilydd ydan ni, yndê, mewn lle bach fel hyn. A tasan ni'n onest, sti, mi fasan ni'n cyfadda ein bod ni'n ymhyfrydu rhyw fymryn yn nhrafferthion ein cymdogion a'n ffrindia, achos tydy'n trafferthion ni ddim i'w gweld mor fawr wedyn.'

Mi wyddwn i beth oedd ganddi. Pan fyddai Ceri ar ei gwaetha, yn aros allan am oriau, yn gwrthod mynd i'r ysgol, yn dianc allan trwy ffenestr y llofft wedi i mi roi 'nhroed i lawr a dweud nad oedd hi'n cael mynd allan, mi fyddwn innau bob amser yn meddwl am rywun oedd yn bihafio'n waeth na hi, ac yn trio cyfri fy mendithion.

'Ond nid trafferth ydy Dafydd, naci – mae o'n un o fil, yn tydy, Ceridwen? Nid poeni be mae pobol erill yn feddwl sy isio, naci, meddwl be mae Dafydd isio. Diolch i Dduw amdano fo, achos dwn i ddim sut bysa Ceri hebddo fo.'

A dacw'r hen fan Ford yn hercian i ben y prom, yn troi am y lôn fawr ac yn codi dau fys ar y lle 'ma.

Dim ond Dafydd sy'n dod heibio Ceri y dyddiau yma. A

phan fydda i'n holi am Kay, dwi'n cael atebion unsill. Mae'r arholiadau bron ar ben, dwy ar ôl. Mi wn i ei bod hi'n cyfri'r oriau pan y bydd hi'n gallu troi ei chefn ar Mr Francis, Blwyddyn 11 a'r ysgol. Er 'mod i'n gweithio yno, mi wn i y byddai'r ysgol, a finnau, wedi medru gwneud mwy i Ceri, tasan ni ddim ond yn gwrando a sylwi. Ond digon hawdd dweud hynny, pan mae'r rhan fwya ohonon ni'n trio meddwl am unrhyw beth arall y medrwn ni ei wneud efo'n bywydau.

Reit, dwi am fynd am dro. Clirio 'mhen. Dwi'n pasio tŷ Nain, ac yn codi llaw arni yn y ffenestr. Dwi ddim yn meddwl iddi 'ngweld i. Fel arfer fyddai hi'n colli dim o'r mynd a'r dod ar y stryd.

'Ma hi fel blydi *geranium*,' fyddai'r dyn drws nesa'n ddweud.

Ac ella bod ganddo fo bwynt, mi fyddai hi'n gweld bob dim – pwy fyddai wedi gadel eu bocs ailgylchu heb garreg ar ei ben, nes iddo droi yn y gwynt a gadael popeth i strempio ar hyd y pafin. A fiw i neb adael ei gi i faeddu, mi fyddai Olwen Agnes wedi gweld, ac yn cnocio'r ffenestr yn hegar. Ond tydy hi ddim yn fy ngweld i'n pasio heddiw, sy'n gadael rhyw hen gnoi yn fy meddwl i am funud.

Ond mae hi'n braf, mi wna i fwynhau'r dre a'r traeth cyn i'r bobl ddiarth dyrru yn eu holau, fydd hi ddim yn hir rŵan. Mae'r caffis ar hyd y ffrynt wedi rhoi sgwrfa iawn i'w sil ffenestri, ac ambell un wedi rhoi llyfiad newydd o baent. Maen nhw'n disgwyl yn eiddgar am i'r tymor gychwyn o ddifri, ac i'r tiliau roi'r gorau i wneud sŵn eco wrth agor. Mae yna gaban bwyd sydyn newydd wedi ymddangos ar y prom, heb fod ymhell o'r *amusements*, rhywun wedi mentro – does yna ddim tsips ar y fwydlen. *Falafel, quesadilla, tortilla*. Rhyfeddol. Fel arfer sglodion a sgodyn fydd pawb ei eisiau, bwyd saim a halen a haul; ella mai fi sy'n rhagfarnllyd ac yn meddwl mai dim ond pobl tsips sy'n dod i'r dre fach sgraglyd yma. Gobeithio 'mod i'n anghywir ac y bydd y caban yn llwyddo. O leia mae yna ddau air Cymraeg ar yr arwydd dan bopeth arall. 'Ar agor'. Mae'n gychwyn, decini. Dwi mor hawdd i fy mhlesio dyddiau yma, yn dal fy ngafael mewn darn bach o foresg i'm cadw i rhag y llanw.

Dwi'n archebu *falafel* tatws melys.

Mae'r llanw'n mynd allan a'r tywod yn donnog a'r dŵr yn hel yma ac acw mewn hafnau. Tasa'r Ceri naw oed yma mi fasan ni'n mynd i chwilio'r pyllau efo llinyn a chydig o gig moch, a dal ambell granc. Yma ac acw mae olion lwgwns yn dyrrau, cregyn cyllyll, cregyn gleision, cerrig gwynion a melyn a darnau o rwydi, poteli plastig dal dŵr, caniau plastig fu'n dal rhyw danwydd mae'n siŵr, ffyrc plastig, sandal, handlen bwced glan môr, potel eli haul, leitar, mwy o rwydi, caniau a gwaelod bocsys barbeciw. Sbarion bywydau, pethau nad ydan ni ddim eu hangen erbyn hyn a phethau na fuon ni erioed eu hangen go iawn, ond nad oedden ni'n gwybod hynny ar y pryd.

Mae yna wylan maint gŵydd yn llygadu fy *falafel* i, fel bob amser. Mae hi'n meddwl mai tsips sy gen i. Tasa hi ond yn gwybod, fasa hi ddim yn aros mor eiddgar. Ac os daw hi'n nes mi gaiff gic hegar. Gas gen i wylanod, mae eu llygada nhw'n anhygoel – maen nhw'n gallu gwneud rhywbeth efo'u llygada sydd yn medru eich gyrru chi'n hurt os syllwch chi arnyn nhw'n ddigon hir. Dwi'n llowcio'r *falafel* achos mae hon wedi sodro ei hun lai na dwy fetr oddi wrthaf i, ac mae golwg seicopath arni.

Ar hyd y traeth mae yna slefrod môr wedi eu gadael gan y llanw uchel bore 'ma. Mae'r sglein arnyn nhw'n dechrau pylu, ond mi fedra i weld y cylchoedd y tu mewn iddyn nhw'n glir. Darllenais i'n rhywle nad oes ganddyn nhw ymennydd, felly nid meddyliau sydd yn y cylchoedd yna. Tybed ddaw amser pan fyddwn ni'n medru darllen meddyliau y naill a'r llall fel tasa'n hymennydd ni'n dryloyw fel cnawd slefren fôr? Mi fasa'n rhaid gwagio ein meddyliau o bob dim ond syniadau dilychwin, glân, pur, saff.

Yn Neuadd y Farchnad mae yna brysurdeb. Mae'r ddynes blanhigion yno heddiw, ac mae hynny'n arwydd da, meddai Bert. Dwi'n ei hoffi hi yn fwy na dwi'n hoffi ei phlanhigion. Mae hi'n un o'r bobl rheiny y cewch chi hanes ei bywyd yn yr amser y cymrith hi i chi wahanu papur pum punt o ganol y nialwch sydd wedi hel mewn pwrs.

'Dod â busnes da i minna, sti, chwara teg.'

'Ydy, mi wela i hynny. Dod â phobol mewn yma, yn tydy?'

Mae Bert wrthi'n gwneud paned iddi.

'Thanks Bert love, much appreciated.'

'Mae pawb yn *love* a *darling* gan hon, Beca, rhag ofn i ti feddwl,' medda fo fel taswn i wedi codi ael, ond toeddwn i ddim.

'Wn i, do'n i ddim wedi meddwl dim arall, a be ydy'r otsh, beth bynnag, tasa hi'n cadw'i *loves* a'i *darlings* i gyd i chi?' Mi fedraf innau fod yn bigog.

Mae o'n pwdu wedyn ac yn troi ei gefn ata i rhyw fymryn gan gogio tacluso'r llestri a'r llwyau te.

'Nain ddim yn hi'i hun dyddia yma, Bert.'

Rhyfedd sut mae'n troi ar ei union a'r bwdfa drosodd. Mi fasa rhywun yn taeru bod y ddau yn casáu ei gilydd.

'Be sy?'

'Dwn i'm, chi, jyst rhywbeth yn ei phoeni hi. Fedra i ddim rhoi 'mys arno fo chwaith.'

'Sgynni hi boen?'

'Nag oes, medda hi, ond… dwn i'm, ella mai fi sy'n gneud môr a mynydd.'

'Rêl hi, hynna, tydy? Gwadu pob dim. Wyt ti wedi bod â hi i'r syrjeri?'

'Naddo.'

'Pam?'

'Fedra i ddim jyst mynd â hi i fan'no, maen nhw mor brysur, a does yna ddim byd y medra i ddeud sy'n bod arni rywsut. A ph'run bynnag, fedra i ddim ei chael i fynd i'r syrjeri os nad ydy hi am fynd, yn na fedra?'

Mae o'n eistedd wedyn, yn sythu soser, yn gwthio'r jwg grefi rhosod coch yn nes i mewn o ochr y bwrdd.

'Wyt ti isio i mi ddod draw?'

'Nag oes.'

Dydy Nain ddim yn iawn pan mae'n haeru mai dim ond Ceri fydd gen i petai rhywbeth yn digwydd iddi hi. Dim ond weithiau wneith hi gydnabod bod Bert yn cadw un llygad arnon ni, ei deulu, o bell.

15

1908

Mae gen i lond dau blât mawr o lus. Dim ond digon i wneud
un gacen blât gadwodd Nhad. Mae teimlo'r ffrwythau'n oer
dan fy mysedd yn braf, a dwi'n cael gwaith peidio â'u rhoi
yn fy ngheg wrth fynd trwyddyn nhw i hel y dail a'r darnau
brigau ohonyn nhw. Mi gariais i frigyn bach a'i lond o lus i
lawr i Mam, fel sy'n arferiad gynnon ni. Mi roeddwn i'n falch
i mi wneud, roedd hi fel tasa hi wedi ei phlesio.

'Diolch, Gwenni, yn dod â darn bach o'r ha' i mi fel yna.'

Dwi'n gobeithio ei bod hi'n iawn, doedd o ddim yn beth
faswn i wedi disgwyl i Mam ddweud. Dyna fo, dwi wedi gweld
pethau heddiw na wnes i ddim disgwyl eu gweld. Tydy'r byd
byth fel rydach chi wedi disgwyl iddo fod. Pobl yn gwneud a
dweud y pethau odia.

'Be wnawn ni efo nhw? Sgynnoch chi siwgr?'

'Oes, rhyw gymaint, ond mi fasa'n beth da tasat ti'n nôl
ambell bwys o'r Wenallt yn y bora, neu mi fydda i heb ddim.
Mi rown ni nhw yn y bwtri ar y llechan tan fory.'

Dwi wedi blino, a dwi'n mynd am fy ngwely'n reit sydyn,
achos dydw i ddim am i Mam ddechrau holi. Mae hi'n
gwybod i Nhad fy nanfon i lawr cyn belled â'r felin. Mi fu'n
rhaid i mi ddatgelu hynny wrth gwrs, achos mi fasa wedi
bod yn ormod i mi fod wedi dod â dwy lond basged o lus i
lawr yr holl ffordd efo fi. Ond ddywedais i ddim bod Edith
Williams wedi dod i'n cwfwr ni at waelod llwybr Drws
Ardudwy ac wedi dod efo Nhad i'm danfon i.

Fore trannoeth mae Mam wedi rhoi'r llus yn y crochan ar y tân, ac mae'r siwgr yn cynhesu mewn powlen. Mae ganddi gacen yn y popty hefyd, cyn i mi godi.

Dwi'n rhedeg i Wenallt Stores i nôl chwaneg o siwgr.

'Wedi bod yn hel llus, Gwenni?' Dwi'n eitha hoff o Mr Thomas, achos dwi'n cofio iddo fo gadw cefn Neta efo'r beic, er nad oedd angen iddo, ond wyddai o ddim hynny.

'Do, ddoe.'

'Oedd yna lawar o lus yno?'

'Oedd, digonedd.'

'Wel, mi fydd yn rhaid i minna gael mynd felly, yn bydd?'

Mi faswn i wedi licio ei holi am y neges mae o'n gario i'r ddwy yn Artro Cottage, ond fiw i mi.

Mae'r gloch yn canu a dwi'n cydio yn y bag llwyd a'i roi yn y fasged, ac yn troi i fynd ond mae Annie May yno, efo'r hogyn bach yn y goetsh gadair, yn dod i mewn wysg ei chefn.

'Mae'n ddrwg gen i lusgo'r hen goetsh 'ma i mewn fel hyn, Mr Thomas, ond mae gen i ofn i'r cariwr fynd ar ei thraws os gadawa i hi tu allan. Maen nhw'n gallu bod yn wyllt, yn tydyn, ac mi gododd un o'r ceffyla ar ei draed ôl wythnos diwethaf, chi. Mi ro'n i wedi dychryn am fy mywyd, yn meddwl y deuai o i lawr ar ein penna ni'n dau – Edgar bach a finna, 'lly.'

'Peidiwch â phoeni dim, Annie, dowch chi â'r hen foi i mewn. Mae yna ddigon o drafnidiaeth allan yn fan yna dyddia yma, yn feics a thrapia a dach chi byth yn gwybod, ella un o'r dyddia yma y daw yna un o'r *motor cars* yna i'r golwg. Maen nhw wedi cyrraedd Llandudno glywish i.'

Mae Annie'n llenwi'r gofod rhwng y cownter a'r drws efo'r goetsh gadair, ond dwi'n gallu gwasgu heibio.

'Gwenni.' Mae hi'n gwenu ac yn symud y mymryn lleia rhyngdda i a'r drws.

'Annie May.' Dwi'n nodio. Mae'r hogyn bach yn un clws, ei wallt o'n donnau melyn, ac mae hi'n ei wisgo fo'n smart mewn ffroc wen a les am y goler.

'Ydach chi'n go lew acw?'

'Ydan diolch, Annie May.'

'Wedi bod yn hel llus mae hi, Annie.' Dwi'n meddwl bod gan Mr Thomas ofn i Annie May ddweud rhywbeth anaddas wrtha i am Neta, felly mae o'n trio troi'r sgwrs, ac mae hel llus yn reit saff fel testun.

'Eich tad yn go lew, ydy?'

'Ydy, diolch.'

'Da iawn. Mi weles i gip ar eich mam ddoe – mae hi i'w gweld yn dygymod, yn tydy? Ydy hitha'n eitha, ydy?'

'Ydy, diolch i chi am ofyn.'

'Dyna chi wedi cael eich siwgr rŵan, Gwenni, mi gewch jam werth chweil i chi.' Bron na fedra i weld Mr Thomas yn chwysu. Mae o'n rhoi ei fys rhwng ei goler a'r croen i lacio mymryn arni.

'Mi fydd yn chwith i chi gyd, Gwenni, yn bydd?'

Dwi'n cymryd mai cyfeirio at golli Neta mae hi, ac nid bod Nhad wedi mynd i'r barics i fyw.

'Bydd.' Mi fedr yr ateb yna wneud i'r ddau.

'Chwith meddwl.'

'Ydy.'

Dwi'n dal i drio cyrraedd y drws, ac mae Annie May yn symud cam, fel tasa hi am adael i mi fynd, ond wrth i fy llaw gyrraedd dwrn y drws, mae hi'n symud ei phwysau yn ôl i'w choes chwith eto. Mae Mr Thomas yn rhoi ochenaid.

'Sut medra i'ch helpu chi, Annie May?'

Dwi'n llwyddo i gyrraedd y drws a'i agor, ond mae Annie yn gafael yn fy mraich wrth i mi gyrraedd y stepan tu allan, ac mae hi'n dod allan i ben y drws ata i.

'Mae'n ddrwg gen i am be ddigwyddodd i Neta, sti, yn wirioneddol ddrwg gen i,' sibrwd mae hi, tydy hi ddim am i Mr Thomas glywed. Ella mai hoeden ydy hi, fel mae Mam yn ddweud. 'Ond mae yna bobol fedar helpu, sti Gwenni. Biti na fasa hi wedi medru deud wrth rhywun, mi faswn i wedi medru helpu. Wyddost ti'r ddwy yna sydd yn Artro Cottage? Wel, sbia be ges i ganddyn nhw. Y goetsh gadair, a dwn i ddim be arall. Ffeind ydyn nhw. Mae yna bobol ffeind, sti, dydy pawb ddim fel blaenoriaid Moriah.'

Mae hi'n gollwng fy mraich i. 'Paid ag anghofio hynny, Gwenni, does yna 'run storm na ddaw yna ryw oleuni i'w chanlyn hi.'

Mae Annie May yn mynd yn ei hôl i mewn i'r siop ac mae'r gloch yn canu eto. Dwi'n sefyll ar y stepan ac mae cariwr Bermo yn pasio efo merlen a thrap. Mae'r ferlen yn rhusio, achos mae yna feic yn dod i'w gwfwr o. Fedra i ddim ond meddwl mor ddoeth ydy Annie May i beidio gadael Edgar bach ar ymyl y ffordd yn ei goetsh gadair.

Ymhen hir a hwyr mae'r llus yn dechrau ffrwtian a rhaid i mi droi fel dwn i ddim be neu mi sticith yng ngwaelod y crochan a difetha a throi'r holl hel yn wastraff. Wrth droi'r jam, mae geiriau Annie yn mynd rownd a rownd – tybed fyddai'r ddwy foneddiges wedi medru helpu Neta? Oes yna bobl fyddai wedi medru gwneud rhywbeth i'w helpu yn Llandudno? A rŵan dwi'n wres i gyd, yn boeth achos y gwres o'r tân, a'r jam eirias, ond dwi'n teimlo cynddaredd yn berwi trwyddaf i. Fyddai ddim rhaid i Neta fod wedi gwneud beth wnaeth hi tasa rhywun ond wedi dweud wrthi fod yna ffordd arall. Fyddwn i ddim wedi gorfod colli fy unig chwaer a phob dim oedd Neta i mi, a gorfod deffro bob bore a theimlo fod yna ddarn ohonaf i ar goll. Neu stopio'n stond ar ganol gwneud rhywbeth am i mi daeru fy mod wedi clywed llais Neta'n galw arna i. Fyddwn i ddim yn gorfod atgoffa fy hun bob awr bron o'r dydd na fedra i ddim sgwennu ati i holi am hyn, neu o leiaf restru'r pethau roeddwn i am ofyn iddi yn fy mhen, pan ddeuai adre – y pethau y baswn i'n gwybod y byddai Neta, a dim ond Neta yn eu gwybod, yr atgofion na fyddai neb ond Neta'n chwerthin efo fi yn eu cylch, a chlywed ei llais yn fy mhen yn dynwared, yn canu caneuon amheus, yn sibrwd yn fy nghlust fod ganddi gyfrinach: 'Fasat ti'n licio gwybod pwy ydy cariad Miss Williams Sgŵl? Ond paid â deud.' Yn cydio ynof i pan fyddwn i wedi methu'r *eight times table* ac wedi cael ffasiwn row gan Miss Williams, yn mwytho 'ngwallt i pan na fedrwn i gofio fy adnod, yn rhoi winc i mi wrth i mi gamu i'r sêt fawr, ac yn rhoi hanner ei chacen i mi am fedru mynd trwy'r adnod gyfan heb gecian. A rŵan dwi'n sylweddoli y byddai Neta wedi medru dod trwyddi, fel Annie May. Fasa dim bwys gen i glywed pobl yn ei galw'n hoeden, achos gwell bod yn hoeden na bod yn ddim byd ond atgof.

A rŵan dwi'n teimlo'r gwres yn treiddio o'r tân, trwy waelod y crochan, i fyny trwy'r trwch jam, trwy'r llwy bren ac i'm llaw, i fyny ar hyd fy mraich, i'm hysgwydd, i fyny fy ngwar i fôn fy ngwallt, a fedra i ddim dioddef bod yma.

'Fedra i ddim.' Dwi'n codi o'r stôl wrth y tân, yn gollwng y llwy fel tasa hi'n haearn.

'Gwenni, be ddaeth dros dy ben di'n gadael y llwy fynd i waelod y crochan fel'na?'

'Ydy hynny o dragwyddol bwys, Mam? Dduw Mawr! A Neta yng ngwaelod y môr?'

Dwi'n rhuthro heibio iddi, ac allan o'i golwg hi.

'Pa sawl math o blant sydd?'

'Dau fath.'

'Pa rai ydyw'r ddau fath?'

'Plant da a phlant drwg.'

'Pa fath blant sydd yn cymryd enw Duw yn ofer?'

'Plant drwg.'

'Pwy sydd yn anufudd i'w tad a'u mam?'

'Plant drwg.'

'Plant drwg.'

'Plant drwg.'

'I ba le yr â plant drwg ar ôl marw?'

'I uffern.'

'Pa fath le ydyw uffern?'

'Llyn yn llosgi o dân a brwmstan…'

A jam llus.

16

Mae gan Kay gariad, ac nid Ceri ydy hi. Nid *hi* ydy hi chwaith, ond un o fechgyn Blwyddyn 11 – Ilan. Digwydd ei gweld hi y tu allan i'r siop cebábs wnes i'n aros am rywun, a chroesais y ffordd i gael sgwrs.

'Sut aeth yr arholiada, Kay?' Pan drodd rownd i edrych gallwn ddweud yn syth nad oedd hi'n hapus i fy ngweld.

'Iawn, Miss.'

Dydy hi ddim wedi 'ngalw i'n Miss ers y diwrnod hwnnw yn swyddfa Mr Francis.

'Wyt ti bron â gorffen rŵan?'

'Ydw, jyst un arholiad ar ôl.' Trodd wedyn i edrych trwy'r ffenestr tua'r cownter i weld oedd pwy bynnag oedd hi'n aros amdano'n dod i'w hachub. Neu ella mai ddim eisiau iddo fo ymddangos oedd hi, wedi meddwl.

'Bob dim yn iawn ydy, Kay?' Dwi'n teimlo cyfrifoldeb tuag ati. Mi roeddwn i'n meddwl, wedi'r tro hwnnw yn swyddfa'r Pennaeth, fy mod i wedi ennyn rhyw fath o ymddiriedaeth. Ond dim ond athrawes ydw i iddi yr eiliad hon, ac mae hynny'n brifo braidd.

'Yndi, diolch. Ydy Ceri allan heno?'

'Ydy dwi'n meddwl, sôn am fynd am Landudno. Gweld ffilm? Mae Dafydd yn dreifio, mi ro'n i'n meddwl ella dy fod dithau efo nhw?'

Mae hi'n symud o un droed i'r llall, a sylwaf ei bod yn

edrych yn wahanol, ei gwallt wedi ei gyrlio. Mae hi'n fwy trwsiadus rywsut, ond yr un ystum – fel aderyn bach nerfus, ei symudiadau'n sydyn.

'Nag'dw.'

Yna mae Ilan yn dod allan, mae'n estyn y cebáb a chan o ddiod i Kay, ac mae hithau'n gwenu.

'Wela i chi, Miss,' meddai hi.

'Paid â bod yn ddiarth, a phob lwc efo'r arholiad ola.'

'Diolch.'

*

'Ydy Ceri efo chdi?' Yn ei chadair mae Nain eto heno. Mae hi'n dal hefyd i ymbalfalu trwy'r bocsys a gariais o'r atig.

'Ydach chi'n dal wrthi, Nain? Ffeindioch chi drysor eto?'

'Dwi'n mwynhau, mae gweld yr hen betha 'ma yn dod ag atgofion yn ôl.'

'Atgofion da, gobeithio?'

Nodia. 'Ia, ar y cyfan.'

'Dydy Ceri ddim efo chdi?'

'Na, wedi mynd i Landudno i weld ffilm.'

Mae'n rhoi chwerthiniad fechan, fel tasa hi'n fodlon ar fy ateb.

Tynna ddau barsel wedi eu lapio mewn papur newydd allan o waelod y bocs, mae'n eu dad-lapio, dau gi tsieina King Charles ydyn nhw.

'Potyn Staffordshire, ac ar silff ben tân fyddan nhw, ers talwm. Roedd gan bawb rai, wel, pawb oedd gan ryw feddwl ohonyn nhw'u hunan. Rhai fy Nain ydy rhein. Wyt ti isio nhw, Beca?'

'Ella bydda Bert yn licio eu cael nhw?'

Yna sytha yn ei chadair a throi i edrych arna i, a gwyddwn 'mod i wedi dweud rhywbeth o'i le.

'Be ddeudist ti wrth Bert amdana i, Beca?'

'Dim byd.'

'Do, tad annwyl, mi fuo fo draw bore 'ma, yn mwydro rhywbeth am fynd i weld y doctor, ac yn gofyn fasa fo'n cael mynd â fi i'r syrjeri. Ddeudish i wrtho fo na faswn i'n mynd i nunlla efo fo yn yr hen fan ddrewllyd yna sy gynno fo. A wyddost ti be ddeudodd o wedyn?'

'Na wn i, ond rydach chi am ddeud, mwn.'

'Deud 'mod i'n hen wraig anniolchgar.'

'Ella'ch bod chi.'

Mae'r awyr rhyngom ni'n finiog, fel tasa yna lond y stafell o fellt bychan yn igam-ogamu yn yr aer.

'Mae o'n trio, Nain.'

'Biti na fasa fo wedi trio mwy pan oedd angen iddo wneud hynny. Pan oedd dy fam efo ni.'

'Ella nad oedd o'n medru bryd hynny.'

'Hm...'

'Panad?'

Pan ddof yn fy ôl, mae hi'n parhau i ymbalfalu yn y bocs. Eisteddai yno, ei sbectol ar ei thrwyn yn darllen trwy hen lythyrau a chardiau post. Mae'n symud rhai ohonyn nhw i mi gael rhoi'r baned ar y bwrdd.

'Be sy gynnoch chi, Nain?'

'Hanes Arthur fy mrawd mawr, edrych, mi fydda'n cael dod i aros at deulu pan fydda fo'n blentyn, mi fydda wrth ei fodd, cael dod ar y trên. Wyddost ti eu bod nhw'n mentro plant eu hunain ar drên ers talwm, sti.'

'Be? Plant bach?'

'Ia, wel, nid babanod wrth gwrs.'

'Faswn i ddim yn mentro Ceri ar drên i nunlla pell a hitha'n ddwy ar bymtheg.'

Rydan ni'n chwerthin.

Gwthia'r llythyr tuag ata iddi hithau gael gwagio'r bocs.

Annwyl deulu,

Mae Arthur yn barod iawn i ddod am sbel o holidays efo chi eto os caiff? Mi wnaiff awyr y mynydd lesâd iddo, fel y gwyddoch bu'n ddi-hwyl dros y misoedd diwethaf, ond ar fendio rŵan diolch fyth. Mi ddof inna i'w hebrwng ddydd Gwener i Stiniog, ond ddof i ddim oddi ar y platfform, mi wyddoch y rheswm yn burion. Mae'n chwith i mi glywed ei eiriau cyntaf yn patsho yn Saesneg. Triwch wthio hynny o Gymraeg iddo os medrwch, wir.

Gan obeithio i chi i gyd fod mewn iechyd da acw.

Eich annwyl geraint.

'Lwcus iddyn nhw ddod yn ôl i fyw ffor'ma, Nain, neu fasach chitha ddim yn Gymraes chwaith. Be mae hi'n feddwl nad ydy hi ddim am ddod oddi ar y platfform? Dydy o ddim yn swnio fel tasa hi isio dod adra ei hun, yn nac ydy, dim ond hel yr hogyn bach ar ei wyliau. Angen gwylia hebddo fo, mae'n rhaid? Oedd o'n llond llaw?'

'Nag oedd wir, hogyn da yn ôl pob tebyg oedd Arthur. Arthur bach, fel roedden nhw'n ei alw fo, ond mi roedd o'n gawr o fachgen. Wel, dwi'n cofio fawr amdano fo, er ei fod o'n frawd i mi. Roedd o gymaint hŷn na mi, ac wedi iddo ymfudo i Brisbane, welais i fawr arno wedyn.'

'Ond pam nad oedd eich mam am ddod adra 'ta?'

'Wel, ddigwyddodd rwbath, ti'n gweld, ac mi roedd Mam yn cymryd petha yn ei phen, yn un reit gysetlyd rywsut,

Unwaith y bydda rhywun yn pechu, dyna fo wedyn. Doedd hi ddim yn hawdd ei chael i fadda.'

'Pwy sy'n debyg iddi, tybed?'

'Sut oeddet ti'n deud?'

'Dim byd, Nain.'

'Mi roedd yna rai pobol – wel, a deud y gwir wrthat ti, mi fedra fod reit finiog ei thafod efo rhai pobol. Pan ddaethon nhw yn ôl ffordd yma, i fyny ar y topia yna fuon nhw am hir, sti, byw yn Hafod Ucha. Doedd dim rhaid i ti weld neb am amsar maith yn fan'no, sti, os nad oeddat ti isio gweld rhywun wrth reswm. Doedd Mam ddim isio cymysgu efo pobol y pentra, fydda hi byth yn dod i ddim byd, wsti, cymdeithasau a ballu. Chydig iawn fydda hi'n gneud efo pobol fan hyn, dim ond rhyw lond llaw o ffrindia dethol, a'i chwaer wrth reswm. A faswn i ddim yn cael gwadd fawr o neb adra am de na dim felly, er ei bod hi'n ffeindia fyw, doedd ganddyn nhw ddim llawer o ffrindia o ffor' hyn. Dwi ddim yn siŵr pam y daethon nhw'n ôl i fyw yma a deud y gwir, a Father ddim yn Gymro chwaith, ond mi fydda nhw'n licio cerddad ar hyd y topia yna, licio'r tawelwch. A mi fydda yna ddigon o bobol ddiarth yn dod i'n gweld ni, cofia, ac i aros am wythnosa, felly anaml ro'n i'n unig.'

Mae hi'n taflu llun arall i'm cyfeiriad.

'Dwi'n cofio'r diwrnod hwnnw, er mai dim ond tua pedair faswn i. Dwi'n meddwl mai'r diwrnod y daeth Arthur i ffarwelio oedd o. Mynd i'r armi, ac wedyn mi'i gwelais i o unwaith wedyn cyn iddo adael o ddifri. Dwi'n cofio ei fod o wedi 'nghodi fi yn ei freichia, a bod brethyn ei iwnifform o'n gras ar fy nghoesa i, ac mi roedd hi'n ddiwrnod poeth.'

Mae'n llun clir. Dwi'n edrych ar y cefn ac mae Nain wedi rhoi'r enwau yno. Mae fy hen nain yn y canol, rhwng Arthur a fy hen daid. Yna mae gŵr yn eistedd yn y gornel a gwraig urddasol yr olwg yn sefyll y tu ôl iddo, a'i llaw ar ei ysgwydd, ac ym mlaen y llun mae'r ferch fach a'i gwallt mewn dau ruban gwyn, yn edrych yn flin.

'Dachi'n edrych yn ddigon piwis, Nain.'

'Does yna ddim byd yn newid felly, yn nag oes?'

'Lle ydach chi isio'r lluniau yma?'

Codaf y twmpath lluniau, y llythyrau a'r cardiau post. Dangosaf nhw i Ceri, pan ddaw hi. Mi ddylai hithau gael gwybod am ei theulu.

Gafaelaf yn un o'r cŵn tsieina.

'Be wna i efo'r cŵn, Nain?'

'Oes yna fynd ar betha fel yna rŵan?'

'Dim felly. Mae oes hen betha fel hyn wedi pasio, neb isio llanast yn eu tai, *minimalist* ydy pob dim, yndê?'

'Dos â nhw i Bert, ella gall o wneud rhyw geiniog ohonyn nhw, a deud wrtho fo am ddod efo ni i'r Vic i gael cinio dydd Sul, ia?'

'Mi fasa'n licio hynny i chi, Nain, a mi faswn i'n licio hynny, a Ceri.'

'Dyna fo 'ta, a deud wrtho fo mai'r hen wraig anniolchgar fydd yn talu.'

'Na, mi ddeuda i wrtho fo fod ei fam yng nghyfraith annwyl am estyn llaw gymodlon, ia?'

17

1908

Wrth y ffenestr rydan ni'n gweithio, y ddwy ohonom yn pwytho. Trwsio llawes crys efo pwythau bach ydw i, ond mae Miss Price bron ar goll y tu ôl i lathenni o ddefnydd ysgafn fel ewyn môr. Dynes fechan ydy hi, ei gwallt yn blethen wedi ei phinio ar dop ei phen, ac ar flaen ei thrwyn mae sbectol gron yn balansio. Mae ei bysedd yn chwim, a dydy hi ddim yn tynnu ei llygaid oddi wrth ei gwaith, dim ond ambell dro i ail-roi edau yn ei nodwydd. Bryd hynny mae hi'n rhoi'r nodwydd rhwng ei gwefus, yn torri'r edau, yna'n ailafael yn y nodwydd, yn gwlychu pen yr edau ac yn ei gwthio trwy grai'r nodwydd ac yn dechrau arni eto. Mae hi fel peiriant. Dwi ddim yn meddwl y bydda i byth yn medru mynd trwy waith ar y cyflymdra yna, ond mae Miss Price wedi addo wrth Mam y bydda i'n wniadwraig o fri ymhen dim o dro.

Mae 'nghefn i'n cyffio a'm gwar i'n teimlo'n boenus, a dwi'n ysu am i Miss Price roi ei nodwydd yn y pin cwshin, a chodi ei phen i nodi ei bod hi'n amser cinio arnon ni. Mae bysedd y cloc fel petaen nhw mewn uwd, does 'na ddim symud arnyn nhw ac mae'r sŵn tipian yn teimlo fel mynawyd yn tyllu mewn i 'mhen i. Dwi wedi gorffen y llawes ers meitin ond 'mod i ddim eisiau styrbio Miss Price, achos mae hi'n dweud y gwnaiff hi orffen hemio'n gynt unwaith mae hi wedi dod i swing pethau.

Dwi'n sbecian heibio'r llenni les ar y stryd yn Llanbad. Mae hi'n dawel iawn bore 'ma, fawr ddim cariwrs na beics wedi pasio. Mi welais i Annie May yn mynd am dro, a'r hogyn bach yn y goetsh gadair, a gwraig blaenor Moriah yn croesi'r stryd hefyd fel nad oedd hi'n gorfod cyfarch Annie May na gwneud sylw o'r hogyn bach. Hen gnawes ydy hon, a golwg felly ar yr hogan fach yna sydd yn ei llaw hi hefyd. Mae'r ddwy yn dod tuag at ddrws siop Miss Price, a phan ddaw'r sŵn cloch dwi'n troi 'ngolwg yn ôl at y llawes, rhag ofn iddyn nhw 'ngweld i'n llaesu dwylo.

'Sut medra i'ch helpu chi, Mrs Williams?'

Mae Miss Price yn siarad fel tasa hynny'n drafferth, yn hanner ochneidio ar ddiwedd pob brawddeg.

'Angen ffrog newydd i Harriet erbyn y gymanfa, Miss Price, ac wedi cael y defnydd gan fy chwaer, welwch chi, o siop Owen Owen, London Road.'

Mae hi'n pwysleisio'r enw *Owen Owen*, ac mae Miss Price yn gwneud siâp crwn efo'i gwefusau ac yn tynnu gwynt i mewn yn swnllyd, fel tasa hi'n synnu ac yn rhyfeddu at y fath foethusrwydd a gwariant.

'Ac i Harriet chi mae'r defnydd?' Mae hi'n pwysleisio'r *Harriet chi*, ac mae yna osgo ddirmygus yn ei llais hi.

Dwi'n gwenu'n slei. Dwi'n hoffi Miss Price.

'Ydach chi wedi gweithio efo sidan fel hwn o'r blaen, Miss Price?' Pigog. 'Fedra i fynd â fo at Williams Drapers, i Barmouth, wyddoch chi.'

'Ac mae o wedi dod yr holl ffordd o Lerpwl, ydy?' Mae Miss Price yn edrych ar y sidan fel tasa hi erioed wedi gweld ffasiwn ddefnydd, a finnau'n gwybod bod ganddi o leia dair ffrog sidan yn barod i'w danfon allan yn y stafell gefn, lle mae'r dillada sydd wedi eu gorffen yn cael eu cadw.

'Erbyn pryd, Mrs Williams?' Mae hi'n edrych yn ei llyfr

mawr, ac yn dirwyn ei bys i lawr ymyl y ddalen. Dwi'n synnu fod gan Mrs Williams ffasiwn wyneb i ofyn cwestiwn fel'na i Miss Price, ond does gan rai pobl ddim cywilydd. Ella caiff Miss Price y gorau arni yn y diwedd – gadael pin mewn sêm faswn i, i'r hen hogan fach drwynsur gael pigiad.

Mae Annie May yn dod yn ei hôl o ble bynnag y bu hi ac Edgar am dro. Mae'r bychan yn cysgu, ac mae Trefor Puw, tad Lizzie, yn dod allan o'r efail. Mae o'n aros am funud i Annie May gyrraedd, ac mae o'n cyffwrdd blaen ei gap fel wnaeth William Ty'n Buarth arna i. Mae o'n dweud rhywbeth doniol, mae'n rhaid, achos mae Annie May yn chwerthin dros y stryd, ac mae Trefor Puw yn sbio o'i gwmpas rhag ofn bod rhywun yn gwylio. Wedyn mae'n closio at Annie May ac yn sibrwd rhywbeth yn ei chlust, ac mae hithau'n nodio. Dwl ydy'r ddau hefyd, dwl neu wyneb galed. Os ydw i'n gallu ei weld o'n sibrwd, yna sawl ffenestr arall ar y stryd yn Llanbad sydd â'i llenni'n symud, a'r aspidistra'n gwylio?

Rŵan dwi'n deall pam mai dim ond i Harlech mae Lizzie eisiau mynd i weini. Mi fyddai'n rhaid iddi fynd oddi cartra fel arall, ac wedyn fyddai yna neb ar ôl i gadw'r heddwch rhwng ei rhieni, Jini a Trefor Puw, dim ond ei brawd bach hi'n gwrando ar y gweiddi. O leiaf dydy Nhad a Mam ddim yn gwneud hynny – distawrwydd sydd rhwng Nhad a Mam i.

Rydan ni'n dwy wedi gadael yr ysgol – Lizzie wedi mynd i weini a finnau'n brentis gwniadwraig. Mi faswn i wedi licio aros yn yr ysgol a chael bod yn *pupil teacher*, ond fyddai gan Nhad ddim modd i 'ngyrru fi yn fy mlaen i'r coleg wedyn. A ph'run bynnag, doedd Mam ddim am fy ngadael allan o'i golwg, ddim ar ôl beth ddigwyddodd i Neta, meddai hi. Fedra i feddwl am waeth llefydd i fynd na siop Miss Price. Aeth y bora heibio a finnau heb feddwl o gwbl am Neta, tan rŵan.

Mae hynny'n beth da, decini, er 'mod i'n teimlo'n euog braidd am adael iddi lithro o'm meddwl i fel'na.

'Wyt ti wedi gorffen y llewys, Gwenni?'

'Do, Miss Price.'

'Wel, hendia yn dy flaen i forol am ginio i ni'n dwy felly. Mae yna doman o ffedoga a pheisia yn y fasged yn fan'cw, sydd angen sylw.'

*

Mae'r dyddiau'n tynnu atynt a hithau'n ddechrau mis Medi. Mae Lizzie'n dweud bod y peintar wedi gorffen yn Salem, a'i bod hi wedi medru cael sbec ar ambell sgetsh, ac nad ydy hi'n gweld dim byd ynddyn nhw. Darnau o bapur a rhannau o wynebau wedi eu sgriblo – llygaid Siân Owen, ei gên hi.

'Dwi'n siŵr mai ceg Siân Owen oedd ar un o'r papura, ond doedd o ddim yn llun faswn i isio ar fy wal, wsti. Mi roedd ei cheg hi'n edrych yn ddigon piwis, fel pedol yn troi am i lawr, a rhycha fel rhisgl coedan o gwmpas ei gwefus hi.'

Mae Lizzie'n rhestru'r darnau o ddarluniau, a dwi'n cenfigennu. Mi faswn i'n licio gweld y darnau a sut mae'r peintar yn eu rhoi at ei gilydd. Darn o'r siôl, papur ar ôl papur o luniau dwylo – dwylo Rhobat Williams ella, neu ddwylo gŵr Garlag Goch. Does dim posib gwybod. Ond maen nhw'n ddwylo garw, meddai Lizzie, nid fel dwylo main, meddal y peintar.

'Methu cael y dwylo'n iawn roedd o mae'n rhaid, yntê.' Mae Lizzie eisiau tynnu'r peintar i lawr o hyd, dwn i ddim pam, am mai efo fi wnaeth o siarad ella, gweld 'mod i'n canmol gormod arno fo. Ond mi fuo fo'n ffeind iawn efo fi, a rhoi'r llun beic i mi.

Mi ges i rywbeth arall gynno fo hefyd, ond dwi ddim am ddweud wrth Lizzie. Mi ges i ddarn bach o bren efo llun wyneb merch wedi hanner ei guddio mewn hances neu ryw gynfas wen. Ac ar y gwaelod mae'r gair 'Sorrow' wedi ei ysgrifennu mewn llawysgrifen gain. Mi fuo raid i mi ofyn i Nhad beth oedd hynny'n feddwl yn iawn. Mi ddangosais i'r darn o bren efo'r llun arno i Nhad, ac mi nodiodd.

'Cadw fo'n saff, Gwenni,' oedd y cwbl ddywedodd o.

Dwi wedi ei guddio fo dan y fatras yn y llofft. Dwi ddim eisiau i Lizzie na Mam ei weld.

Wedi mynd efo'r feistres i Fryn Hyfryd oedd Lizzie, i helpu i wneud te. Gan fod y peintar a'r teulu'n gadael ddiwedd mis Medi, mi roedd rhaid cael te parti yn yr ardd i ffarwelio. Dwi'n gwrando ar Lizzie'n mynd trwy ei phethau, yn disgrifio dillad y merched a'r hetiau, y cacenni a'r llestri tsieina, y bara menyn tenau a'r lemonêd mewn gwydrau grisial. Pethau felly mae'r bobl fawr yn ei wneud, ond pobl ddŵad ydyn nhw. Dod i Ardudwy dros yr ha' maen nhw fel arfer, gyrru'r gweision o'u blaenau ar y trên i wneud y tai mawr yn barod – Lord a Lady Amherst, Pilkintons a'r Frys. Diwedd Medi, maen nhw'n ôl ar y trên am Lundain neu drefi mawr Lloegr. Wedyn mi fyddan nhw'n cau'r tai, rhoi cynfasau gwynion dros y dodrefn a gadael i'r ysbrydion ddod yn ôl i grwydro trwy'r stafelloedd gweigion, nes daw'r bobl fawr yn ôl efo'r gwenoliaid.

Ac mae'r peintar a'i feic gwyrdd ar fin ymadael, ac maen nhw wedi cael gwared o'r ddelw o Salem Cefncymerau. Mae Rhobat Williams yn ôl yn y sêt fawr yn dweud ei bader, a'r lleill yn porthi. Ond tydy Nhad ddim wedi medru mynd i mewn trwy'r drws hyd yma.

18

Wnes i ddim rhoi'r llythyr ymddiswyddo i Mr Francis wedi'r cyfan. Ei ffeindio fo yng ngwaelod fy mag gwaith, efo afal oedd wedi gwystno. Wnes i ddim ei roi i Mr Francis am ddau reswm.

Wedi hanner tymor, a ninnau wedi gorfod eistedd trwy gyfarfod staff hirwyntog, yn trafod trefniannau croesawu'r disgyblion o ysgolion cynradd y cylch – rheiny fyddai'n cyrraedd mis Medi ond oedd yn cael dod am dridiau i'r ysgol fawr fel ymarfer. Fi fyddai'n gyfrifol am roi sgwrs anffurfiol iddyn nhw wrth iddyn nhw gyrraedd, yn dweud wrthyn nhw am drefn amser egwyl a chinio, lle i fynd i aros am y bws adra, a beth i wneud os oedden nhw wedi anghofio eu cinio, neu os oedden nhw angen help.

'Rydach chi'n dda efo pethau fel'na Ms Hughes,' a Mr Francis yn edrych arna i dros ei sbectol ac yn trio sgiwio ei wyneb yn wên.

'Diolch,' dwedais dan fy ngwynt.

Y rheswm cyntaf pam na rois i'r llythyr ar ei ddesg oedd ei fod (ymhen hir a hwyr, a hymian a haian, a phawb wedi hen laru, ac yn ysu am gael dianc allan i'r haul) wedi dweud ei fod yn ymddeol ar ddiwedd y tymor. Ddywedodd neb ddim byd, yn rhannol am fod pawb wedi gadael i'w meddyliau grwydro, a heb glywed yn iawn. Felly dywedodd wedyn,

'Ie, rydw i wedi gwneud fy rhan erbyn hyn, ac er ei fod

yn benderfyniad anodd, a'r bwrdd llywodraethwyr yn erfyn arnaf i ailfeddwl, mae'n ddrwg gen i eich hysbysu na fydda i yma i'ch arwain chi ym mis Medi.'

Arhosodd pawb yn dawel wedyn hefyd nes i'r tawelwch droi'n chwithig, yna dechreuodd ambell un besychu, ystwyrian yn eu cadeiriau, sythu, ac edrych ar eu dwylo, ac yna yn y diwedd, fe benderfynodd Nia y dylai ymateb,

'Wel, dyna sioc i ni, Mr Francis. Mi fydd yn rhyfedd yma hebddoch chi.'

Ac ambell un yn trio gwneud synau gwerthfawrogol, yn pesychu eto, yn rhoi hergwd i goes cadair, yn chwilio trwy bocedi neu fagiau am rywbeth pwysig iawn. Tybed sawl llythyr ymddiswyddo arall oedd yn cael aros yng ngwaelod bag neu boced, wedi'r cyhoeddiad? Taerwn fod yna fwy o hwb yng nghamau'r staff yn gadael yr ysgol na fyddai fel arfer, ond roedd yr haul ar ei anterth hefyd ac yn ein denu ni i gyd allan i fwynhau gwres mis Mehefin.

A dyna pryd ddigwyddais i weld Cai Prys wrth giât yr ysgol. Digwydd pasio, medda fo, ond dwi'n meddwl ei fod yn aros amdana i, oherwydd doedd yna neb efo fo a doedd o ddim fel petai ar ei ffordd i unlle chwaith.

'Miss.'

'Cai.'

Roeddwn i am basio, ond roedd o'n llenwi'r pafin a doedd o ddim fel tasa fo am symud i wneud lle i mi.

'Miss, sgynnoch chi funud?'

Doeddwn i ddim wir eisiau sgwrs efo unrhyw ddisgybl yr eiliad honno a finnau ar fy ffordd adra, a doeddwn i'n sicr ddim eisiau dal pen rheswm efo hwn. Gwyddwn nad y fo gafodd y cam yn yr ysgol, ddim gan Ceri beth bynnag.

'Be sy, Cai?'

'Wel, dwi jyst isio deud 'mod i'n sori.'

'Sori?'

'Ia.'

'Am be yn union?'

Rhoddais fy mag ar y llawr a phwyso yn erbyn y wal. Daeth yntau'n nes, yn crafu'r tywod oedd wedi chwythu i'r pafin yn bentwr, efo'i droed. Edrychai i lawr ar y pentwr, a gwelwn nad oedd mor siŵr ohono'i hun ag arfer. Roedd rhywbeth arall yn ei ystum chwithig.

'Na, go iawn, Miss, dwi isio deud 'mod i'n sori am y ffordd wnes i drin Ceri a Kay.'

'A Dafydd, 'wyrach?'

'Ia, y tri ohonyn nhw wir. Ro'n i'n dwat bach annifyr.'

Wnes i ddim ymateb, achos mewn gwirionedd nid wrtha i roedd angen iddo ddweud hyn, wrth gwrs. Bwli oedd o, fel ei griw ffrindiau i gyd, a digwydd bod mai fy mhlentyn i oedd wedi dioddar'r gwawdio. Weithiau mae teimladau Mam yn medru bod yn llethol, yn drech nag unrhyw beth, yn drech nag unrhyw reswm. Dwi'n cofio unwaith i Ceridwen ddweud wrtha i iddi weld rhywun oedd wedi gwneud bywyd Dafydd yn annioddefol yn cerdded ar hyd ochr y ffordd un diwrnod, a'i bod wedi meddwl y medra hi fod wedi gyrru ei char tuag ato yn hawdd, a'i daro. A'i bod wedi dychryn gan y teimladau ddaeth drosti.

Yr eiliad yma dwi'r un peth, does gen i ddim car, diolch byth, a dydw i ddim am i unrhyw beth ofnadwy ddigwydd i Cai, ond dwi eisiau iddo fo ddiodda – chydig.

'Oeddat, Cai, mi roeddat ti. Ti a'r lleill, ond wsti be, mi ddôn nhw trwy'r bwlio yn y pen draw, sti. Maen nhw'n gry, ti'n gweld, ac mae ganddyn nhw bobol sy'n eu caru o'u cylch nhw.'

'Wn i, dwi jyst isio deud 'mod i'n ymddiheuro, ac ella os medrwch chi ddeud wrth Ceri?'

'Na fedra. Rhaid i ti ddeud wrthi dy hun, Cai.'

'Iawn.'

Mae yna rywbeth yn digwydd i bobl ifanc wedi iddyn nhw orffen Blwyddyn 11, fydda i'n meddwl. Unwaith y dôn nhw'n ôl i'r ysgol, neu ymlaen i Goleg y Chweched yn ddwy ar bymtheg, mae yna newid wedi digwydd iddyn nhw bron yn ddi-ffael. Ai dyna ydy hyn? Dwi'n gobeithio hynny, neu mae wedi penderfynu edrych allan i'r byd mawr sydd y tu hwnt i wal y prom a'r bryniau sy'n fur wrth gefn y lle yma, ac wedi gweld bod yna fwy o amrywiaeth yn fan'no, a'i fod yn lle llawn lliw a phobl ddifyr. Wn i ddim be sy'n dod â phobl at eu coed yn y diwedd. Ond mi wn fod y rhan fwya o bobl iawn yn dod at eu coed yn hwyr neu'n hwyrach.

A dyna'r ail reswm na wnes i roi fy llythyr ymddiswyddiad i mewn.

19

1908

Rhaid i mi ddod oddi ar y beic i fynd i fyny rhiw Cae Cethin, mae'n rhy serth i mi, ond does gen i ddim hast heddiw, felly dwi'n mwynhau fy hun yn iawn. Mae hi'n min nos braf. Mae Miss Price wedi fy ngyrru i Landanwg, mae yna ambell beth i fynd yn ôl i wraig Ymwlch. Danfon parseli ydw i ddiwedd pnawn, a mi liciwn i fynd i olwg Bryn Hyfryd yn Llanfair rhag ofn y medrwn gael cip ar y peintar neu un o'r teulu, os nad ydyn nhw wedi mynd yn ôl i Loegr ar y trên yn barod. Efallai y baswn i'n medru piciad i siop Laura Ty'n Buarth hefyd, ond does gen i ddim arian nac esgus i fynd i fyny ffordd honno, felly gwell i mi fynd yn fy mlaen am Landanwg.

Dwi'n gadael i'r beic wibio i lawr am y môr, ond mae'r ffordd yn garegog a bron i mi gael damwain gas wrth y bont, pan aeth olwyn flaen y beic i dwll.

'Dydy *young ladies* ddim i fod i yrru fel yna ar feic.' Llais hogyn, ond welwn i neb chwaith.

Wedi sadio fy hun, sythu fy nillad a rhoi fy het yn ôl yn daclus, dwi'n codi'r beic a'i roi i bwyso yn erbyn y wal.

Mae yna ddaeargi gwyn yn ymddangos ac yn dod i gyfarth ar y beic. Codaf ambell garreg rhag ofn. Mi wn i am ddaeargwn, maen nhw'n medru bod yn bethau milain.

'Fasat ti ddim yn pledu 'nghi fi efo cerrig, yn na fasat?'

Mae sŵn chwerthin yn y llais a dwi'n troi i chwilio, yna daw pen i'r golwg yr ochr arall i'r clawdd.

'Gwenni, yndê?'

'Ia.' Mi wn i pwy ydy o. William Ty'n Buarth. Mae'n taro dwy gwningen ar y clawdd, cyn dod dros y gamfa a neidio i lawr at fy ymyl.

'Mae'r lle 'ma'n berwi efo cwningod, i lawr yn y twyni acw, ma gynnyn nhw dylla ym mhob man, sti.'

'Wyt ti'n cael eu dal nhw?'

'Wel, does yna neb wedi fy rhwystro fi hyd yma. Mae'r ffarmwrs yn reit falch o gael eu lle nhw, sti. Mi fasat ti'n synnu faint o fwyd fytith cwningan. Dwi'n cael caniatâd gŵr Ymwlch i roi magla yn y tylla.'

Yna mae'n galw ar y ci i'w ddilyn, ond mae hwnnw'n dal i sgyrnygu ar y beic.

'Ty'd yn dy 'laen, Moss.' Coda'r ci yn ei fraich dde a swingio'r cwningod dros ei ysgwydd, eu coesau nhw wedi eu clymu efo cortyn. Mae eu pennau'n hongian a'u llygaid yn pylu.

Mae o'n mynd i lawr am y Maes, a'r giât fach i fynd trwodd i'r cae o flaen yr eglwys.

'Fuest ti'n yr eglwys 'rioed?'

'Naddo.'

Dydy'n teulu ni ddim yn mynd i'r eglwys, siŵr iawn. Mae pobl Moriah yn bobl fawr, ond mae pobl eglwys yn fwy wedyn, hynny neu maen nhw ar y plwy'.

'Gad y beic yn fan'na, eith o i nunlla.'

Dwi'n ei ddilyn. Mae'n gadael y ddwy gwningen yn y porth, dydy o ddim yn licio mynd â nhw i mewn mae'n debyg, ond mae'n rhaid iddo ddal ei afael yn y ci.

'Neu mi fydd wedi rhacsio'r cwningod, wel'di.'

Mae'n aros i ddangos twll cwningen wrth ochr y llwybr, y moresg yn dal y tywod rhag llithro iddo, a'i lenwi.

'Maen nhw'n tyllu o dan y cerrig beddi yn fan hyn yli, y

cwningod. Mi fyddan wedi gneud cwningar eang o dan y twyni a'r eglwys, ac yn diwadd mi fydd y cerrig beddi yn disgyn dros ei gilydd i bob man a'r eirch yn agor, a...'

'A be?'

'Wel, esgyrn ddaw i'r golwg 'de, esgyrn a chyrff.'

Mae yna deimlad oer yn mynd i lawr fy meingefn i. Mae William yn mynd ar ei liniau o flaen un o'r cerrig beddi sydd fel bocs carreg, ac mae un ochr yn gwyro'n beryglus, nes bod y caead wedi sgiwio'n gam ac mae'n bosib craffu i mewn rhwng y caead ac un o'r cerrig ochr.

Mae o'n craffu i mewn i'r hollt ac yn codi ei ben ac yn gwneud llygaid mawr, fel tasa fo wedi dychryn.

'Be sy 'na?'

'Ofnadwy!'

'Be?'

'Dychrynllyd!'

'Be sy 'na?' a dwi'n groen gŵydd i gyd.

'Tywod!'

Mae o'n meddwl bod hynny'n ddoniol, ond dwi ddim yn chwerthin achos gas gen i feddwl am eirch yn dod i'r golwg ac esgyrn wedi eu chwalu ar hyd y traeth. Dwi'n gwybod y bydd yr olygfa'n gwthio ei hun i mewn i'n hunllefau fi yn y nos.

Rydan ni'n dau'n ddistaw am funud a dwi'n cychwyn yn fy ôl am y porth.

'Wyt ti ddim isio gweld yr eglwys?'

Ysgydwaf fy mhen.

'Well gen i beidio, a ph'run bynnag mae gen i barsel i'w ddanfon.'

Llama William o fy mlaen i ac ailafael yn y ddwy gwningen. Ydw i wedi pechu rŵan? Mae o'n dawedog, yn cerdded yn gyflym, fel tasa fo eisiau rhoi pellter rhyngom ni. Ond wedi cyrraedd y giât fach allan i'r Maes, mae'n ei dal ar agor i mi, fel gŵr bonheddig.

'Ddrwg gen i, Gwenni, eich styrbio fel yna.'

Pam ei fod o'n fy ngalw'n *chi* rŵan. Am fy mod wedi bod yn gysetlyd, ella?

'Wnaethoch chi ddim.'

'Wnes i ddim meddwl, ac mi ddylwn, a chitha wel, wyddoch chi, wedi cael y fath brofedigaeth.'

Fedra i ddim dweud dim byd achos mwya sydyn mae fy llygaid yn llenwi, a dwi ddim am iddo fo weld, ond mae arna i ffasiwn hiraeth am Neta yr eiliad honno, mor sydyn ac annisgwyl, mae'n fy nharo fi, na fydd gynnon ni ddim un bedd iddi fyth.

'Mae'n ddrwg gen i, Gwenni, ddyliwn i ddim bod wedi gneud hwyl fel yna.'

Mae golwg mor chwithig arno, yn troi ei gap rhwng ei ddwylo. Estynna hances i mi a rhof innau rwbiad da i'm llygaid.

'Yr heli sydd yn gneud iddyn nhw ddyfrio.'

Estynnaf yr hances yn ôl iddo, ond mae'n chwifio ei law arna i i ddweud nad ydy o ei heisiau yn ôl.

'Ddowch chi i olwg y môr efo fi, Gwenni?' Mae golwg mor daer arno fo rywsut, felly dwi'n cytuno. Mae'n gollwng Moss y ci ac yn cynnig ei law i mi gan 'mod i'n fy sgidiau gorau ac nid yn fy nghlocsiau bob dydd, ac mae'r waden yn llithrig a dwi'n llithro yn fy ôl bob gafael wrth drio mynd dros y twyni i olwg y môr.

'Mi faswn i'n licio mynd draw am ben draw Llŷn un diwrnod, Gwenni. Mae Nhad yn deud bod yno wlad a thiroedd bras a chaea gwyrddion am a welwch chi, a dim cerrig a chreigia ar bob llaw, fel sy'n Ardudwy 'ma.'

Nodiaf, dydw i'n gwybod dim am Lŷn, dim ond bod yna gychod bach yn hwylio weithiau o Bensarn draw ar hyd y glannau, ac i Mam gael mynd efo addolwyr Moriah unwaith i gyfarfod pregethu ar y trên i Bwllheli. Ond mi welaf innau'r fraich yn ymestyn allan i warchod y bae yn ddyddiol, a dwi'n deall be sy gan William – mi faswn i'n licio mynd rhyw dro reit i'r pen draw, ac Enlli.

Dwi'n ymwybodol fod William yn cymryd ambell gip i fy nghyfeiriad, mi fedra i weld y golau'n adlewyrchu ar ei wyneb, ac yn tywyllu wedyn.

'Gwenni.'

'Ia?'

'Gwenni, maddeuwch i mi ofyn, a does dim rhaid i chi ateb.'

'Ia?'

Mae'n cnoi ei wefus isa, fel tasa fo'n amau doethineb yr hyn mae am ei ddweud.

'Ydyn nhw... wel, ydyn nhw wedi dod o hyd i gorff Agnes chi?'

'Naddo.'

Mae'n rhoi ei ben i lawr wedyn, ac yna yn edrych yn ôl i'r môr.

'Mae hi'n dal allan yna yn rhywle felly, yn tydy? Neu...'

Cofiaf am y parsel wedyn a dwi'n brysio yn fy ôl at y beic.

'Rhaid i i fynd â hwn i Ymwlch,' dwi'n galw, a gadawaf y beic a rhedeg.

Pan ddof yn fy ôl at y beic, mae William yno'n aros o hyd. Mae hi bron yn dywyll, ond mae'r lleuad wedi codi'n fawr ac yn felyn uwchben Moelfre. Ac mae William yn fy hebrwng ar hyd y ffordd, wedi hel Moss am adra ar dop allt y môr. Maen nhw wrthi'n hel y mydylau ŷd yn Argoed, rydan ni'n gallu clywed eu lleisiau nhw'n galw ac yn chwerthin. Mi fydd yn nos cyn y bydda i wedi cyrraedd adra. Mae William yn troi yn ei ôl am Lanfair cyn dod i mewn i Lanbad.

'Os ca i esgus i gario llwyth cyn belled â Phwllheli rhyw dro, Gwenni, ddowch chi efo fi?'

'Dof.'

A dwi'n gwthio'r beic yn ei flaen, yn lle mynd ar ei gefn o rhag ofn i mi fynd i dwll arall yn y tywyllwch.

20

2016

Roedd Bert yn mynnu ein bod ni'n mynd am ddiwrnod i'r brenin.

'Mae hi'n ben-blwydd arnat ti, Beca, rhaid i ni ddathlu, siŵr. Dwi isio mynd â fy merch a fy wyres allan am *day out*, mae gen i hawl i hynny, siawns?'

Ac os byddai Ceri'n hapus efo'i chanlyniadau, mi fyddai yna ddau reswm dros ddathlu. Doeddwn i ddim yn meddwl y dylen ni godi ein gobeithion, na gobeithion Ceri chwaith. Ond mi fyddai diwrnod i'r brenin yn braf a doedd yna ddim disgwyl i mi fod yn yr ysgol yn cysuro na chyd-ddathlu efo neb leni. Roedd Nia wedi gyrru neges yn dweud ei bod hi am fynd i'r ysgol i helpu efo rhannu'r canlyniadau, ac i mi gymryd y diwrnod gan ei bod yn ben-blwydd arna i.

Erbyn deg o'r gloch roedd Bert yn canu'r corn y tu allan i dŷ Nain.

'Ydach chi'n barod?' A golwg mor falch ar ei wyneb â phetai wedi ennill twrci ar raffl Dolig.

Mae Ceri yn y cefn yn barod, yn chwifio papur canlyniadau allan trwy'r ffenestr.

'Sgen ti ddigon o le fan'na, Ceri?'

'Oes Taid, diolch.'

'Nain yn y ffrynt,' meddai Bert, a dwi'n agor y drws i Nain gael mynd i'r tu blaen. Mae'n dipyn o gamp gan fod y sêt yn uchel. Dwi ddim yn siŵr oedd Bert wedi meddwl mynd â Nain efo ni chwaith, ond doedd gen i ddim calon ei gadael ar ôl.

'Oes yna ddigon o le i chi'ch dwy yn y cefn yna?"

'Oes, siŵr.' Pic-yp ydy hi, fel sy gan ffarmwrs. Yn hon y bydd Bert yn crwydro'r wlad yn chwilio am fargeinion i'w stondin.

'Wel?' Dwi'n dal fy llaw ond dydy Ceri ddim am ollwng y papur.

'Gesia.'

'Fedra i ddim dyfalu nhw i gyd, siŵr.'

'Disastyr,' yn ddrama, ei cheg yn llinell bwdlyd.

'Dio ddim bwys, Ceri, nadi. Gei di ail-drio os mai dyna wyt ti isio'i wneud.'

Yna mae hi'n gwenu, ac yn chwifio'r papur o flaen fy nhrwyn i.

'Cadw fo'n llonydd i mi gael gweld.'

'A mewn Art, blydi grêt, Cer. Glywsoch chi hynna do, Olwen? A!' Bert sy'n porthi o'r sêt flaen.

'Be am y lleill, Ceri?' Tydy Nain ddim mor hawdd ei thwyllo.

'Ti 'di gneud yn wych, Ceri fach. Gest ti amball i B a llwyth o C, yn do?'

'Diolch, Taid.'

Mae trwyn y fan yn troi allan o'r dre, ac am y gogledd. Mae Ceri wedi rhoi pethau'n ei chlustiau ac mae'r papur canlyniadau ar ei glin, felly dwi'n cael cyfle i'w gipio. Mae'r canlyniadau'n iawn. Ac er iddi haeru nad oedd yn fwriad ganddi fynd i'r un coleg, mi ges i neges gan Nia bore 'ma yn dweud ei bod wedi siarad efo hi, ac nad oedd hi wedi gwrthwynebu'r syniad, ond nad oedd hi'n sicr am fynd yn ôl i'r ysgol.

Mae Ceri'n edrych allan trwy'r ffenestr ar y bae yn llithro heibio, a dwi'n estyn ar draws y sêt ac yn gafael yn ei llaw yn sydyn. Mae hi'n tynnu ei llaw yn ôl i ddechrau fel tasa hi wedi llosgi, yna mae hi'n troi ei phen i edrych arna i ac mae'n gwenu, ac mae hi'n cydio yn fy llaw i a'i gwasgu. Dwi'n sylwi mor dlws ydy hi. Mae hi wedi gadael ei gwallt i dyfu'n ôl, heb siafio ochr ei phen fel bydd hi, ond dydy hynny ddim o bwys chwaith, mae ei hwyneb mor dlws, ei llygaid duon anferth a'r aeliau trwchus. Mae'r styds yn dal yno ar ei hael, ond Ceri ydy hi, ac mi fedra i weld heibio'r pethau allanol, a medru gweld eto fy hogan fach i. Mae hi'n ei hôl a dwi eisiau ei chofleidio, eisiau dweud wrthi mor falch ydw i ohoni, mor ddiolchgar fod gen i ferch sy'n agor ei chŵys ei hun, yn dilyn ei greddf, yn codi dau fys ar gulni'r strydoedd llwydion sy'n pasio heibio.

Mi es i ar goll yn rhywle, ac mi wnaethon ni grwydro ar wahân. Mi wnes i adael iddi fynd rhwng fy nwylo rywsut, llithro oddi wrtha i fesul ffrae, fel nad oeddwn i'n ei nabod hi, yn ei gweld yn greadigaeth ddieithr, yn hytrach na fy nghnawd fy hun, yn ddrych ohonof innau. Mi fues i fel hyn rhyw dro, er mor bell yn ôl mae hynny'n teimlo. Fi adawodd iddi lithro ymhellach, bellach i ffwrdd, fy mai i oedd hynny, achos fi ydy'r oedolyn, a hi ydy'r plentyn, ac felly bydd hi.

'Lle ydan ni'n mynd?'

Dydy Nain ddim wedi clywed mae'n rhaid.

'I'r Wirral.'

'Cilgwri? I be awn ni i fan'no?'

'Mae gen i gwpwrdd derw faswn i'n licio cael golwg arno fo, a meinciau *pitch pine*, wedi dod o ryw hen gapel tua Sir Fflint. Mae stwff capeli wastad yn mynd yn dda i chi, Olwen.'

'Ydyn, mwn, pren da ynddyn nhw, siŵr i ti, Bert. Ond gwatsia dwll pry 'de, neu bydredd, hen lefydd oer a thamp, lot o'r hen gapeli 'ma wedi sefyll yn wag ers blynyddoedd.'

'Dach i'n iawn, chi, mi wna i watsiad, ond mae *pitch pine*

reit dda am beidio pydru. Rhaid i ni gael cinio yn bydd,' mae Bert yn codi ei lais ac yn edrych yn y drych ar Ceri, 'a dwi'n meddwl bod Ceri isio mynd i rwla, does, Cer?'

'Gwatsia'r ffordd, Bert.' Mae Nain yn cynhyrfu wrth weld Bert yn siarad efo Ceri trwy edrych yn y drych fel'na.

Mae Ceri'n tynnu'r pethau o'i chlustiau.

'Dim ond os medrwn ni 'de, Taid, os nad ydy o'n ormod o draffarth.' Dwi'n edrych arni. 'Swn i'n licio gweld llun *Salem* yn Oriel Lady Lever, dwi isio ei weld o'n iawn, chi.'

'Lle mae hi isio mynd?' hola Nain.

'I weld llun *Salem*,' mae Bert yn gweiddi.

'Port Sunlight.'

Mae hi'n gwybod bob dim, Nain, fel enseiclopedia. Mi fydd yn chwith i mi pan eith hi – dydy gwybodaeth Google ddim yn dod yn agos at wybodaeth Olwen Agnes am y byd a'i bethau.

Mae Bert yn ein gadael o flaen yr oriel, ac yn mynd yn ei flaen i chwilio am y warws lle mae'r dodrefn.

'Fuoch chi yma o'r blaen, Nain?'

'Do, efo Mam pan o'n i'n hogan, ac wedyn hefyd efo'ch Taid. Lle braf ydy o. Edrych ar y gwahanol fatha o dai sy 'ma, Ceri, penseiri gwahanol, yn cael cyfle i arbrofi, yli. Rhan o'r symudiad i wneud mannau gwyrdd a gerddi i bobol mewn ardaloedd trefol, llefydd brafiach i weithwyr y ffatrïoedd gael byw ynddyn nhw. William Lever sefydlodd y lle, os cofia i, gneud sebon oedd o.'

Sytha Nain wedyn, a'i thalcen yn grych.

'Dwn i ddim oedd Lever yn wahanol i ddiwydianwyr eraill ei oes, cofia, mae'n debyg mai cymryd mantais ar bobol wnaeth hwn hefyd. Mi roedd yn rhaid dod â deunydd i mewn o wledydd eraill, yn doedd, i wneud y sebon, ac fel bob amser tydy'r bobol oedd yn gneud y gwaith caled byth yn cael eu trin yn deg. Ffeind efo'i bobol ei hun ella, ond yn troi llygad ddall at anfadwaith oedd yn digwydd ym mhen arall y byd.'

'Downar, Nain.'

Ceri sy'n mynd yn ei blaen, gormod o wybodaeth ar ddiwrnod fel heddiw. Dwi'n gadael Nain yn arogli'r rhosod ac yn dilyn Ceri trwy'r drysau trymion. Rydan ni mewn byd gwahanol, byd tawel, llonydd, fel petai amser wedi arafu bron i stop. Does yna fawr o ymwelwyr yma, mae yna un wraig ganol oed mewn sgidiau cyffyrddus a chardigan dros ei braich, yn craffu ar y geiriau o dan lun anferth o ddynes a'i breichiau'n llawn blodau. Yna daw dau gariad heibio yn cydio llaw, mae'r bachgen yn dal a sbectol rhimyn tywyll am ei drwyn. Mae'n olygus mewn ffordd flêr, ddi-daro, mae ganddo gamera a lens hir dros ei ysgwydd, ac mae hithau'n dal a main, ei throwsus cerdded fodfeddi'n rhy fyr, a threiners oren am ei thraed. Mae ei gwallt tywyll dros ei hwyneb, fel llen. Maen nhw'n aros o flaen darlun o ddyn ar lan afon, ac mae hi'n tynnu i ffwrdd oddi wrtho, fel petai hi'n barod i symud yn ei blaen, eisiau gadael, mae eu breichiau'n ymestyn oddi wrth y naill a'r llall, a dim ond eu bysedd yn dal ynghlwm. Mae hi'n rhoi chwerthiniad fach ac mae yntau'n ei dilyn ac yn gafael ynddi a symud ei gwallt o'i hwyneb, cyn ei chusanu.

Mae'r ddynes ganol oed yn gwenu'n annwyl arnyn nhw, ac yn symud o'u ffordd, ei sgidiau call yn rhoi gwich fach ar y llawr polish. Dwi'n teimlo fel taswn i wedi cael mynediad i fyd newydd, gwâr, lle mae pawb o'i fewn yn foesgar, yn byw bywyd o ddelfryd yng nghanol ceinion bywyd. Ond dwi ddim eisiau aros yma am lawer hwy chwaith, mae'r holl dlysni'n fy niflasu mwya sydyn a dwi eisiau bod yn ôl yn y dafarn swnllyd, flêr, ogla saim, lle cawson ni'n cinio.

Mae Ceri'n dod yn ei hôl o'r stafell arall, a chymeraf gip arni i weld sut mae hi'n ymateb i'r darluniau a'r llestri, y cerfluniau a'r gweithiau cain. Mae hi'n symud rhyngddyn nhw'n syllu, weithiau'n symud yn ei blaen yn sydyn, yna'n canfod rhywbeth yn fwy at ei dant ac yn aros i syllu, plygu i ganfod ongl arall, i weld a fyddai'r effaith yn wahanol. Mae hithau'n nodio ar y ddau gariad, mae yna rhywbeth dengar amdanyn nhw, yn gwneud i mi fod eisiau gwybod mwy yn eu cylch. O ble daethon nhw, ac i ble maen nhw'n mynd?

'Fan hyn mae o, mi fuo raid i mi holi lle'r oedd o.'

'Be?'

'Wel, *Salem*, siŵr iawn. Y *llun*.' Nain sydd wedi dod o hyd iddo, wedi gofyn i'r dyn y tu ôl i'r ddesg.

Wrth gwrs, dyna bwrpas yr ymweliad. Mae yna lenni'n cuddio'r darlun, i'w arbed rhag y golau, mae'n debyg. Rydan ni'n craffu, ac mae Nain yn pesychu, a synhwyraf fod yna bregeth, neu o leia farn am gael ei rhoi.

'Dwn i ddim be welodd neb ynddo fo,' mae hi'n symud yn ôl i adael i'r wraig a'r sgidiau gwichlyd basio. 'Llun digon gwirion ydy o, yndê? Doedd neb yn gwisgo hetia fel'na erbyn yr amser cafodd hwnna ei beintio, yn nag oedd, os buon nhw erioed?'

'Oedd, mi roedd yn llun od uffernol i'w ennill am hel *tokens* sebon. Dydy o ddim yn llun hapus sy'n rhoi'r *wow factor* i chi, yn nachdi?'

Mae Ceri'n mwynhau sinigrwydd Nain.

'Sbïwch del ydy'r llunia erill oedd yn cael eu rhoi am brynu sebon. Oeddach chi'n cael dewis ella? Llun o blant bach ciwt mewn ffrogia gwyn ffrili, neu os oeddach chi'n dod o dwll din byd, neu'n rili *pissed off* efo bywyd, wel sa chi'n cael llun o Siân Owen mewn siôl efo'r diafol arni. No breinyr rili doedd, 'swn i wedi dewis Siani bob tro.'

'Paid â dechra ar y lol diafol yna. Ti'n gwybod be ydy hynna yn dwyt, Ceri?'

Dyna ni, mi gawn y bregeth, ond Nain sy'n iawn, wrth gwrs, a waeth i Ceri gael clywed eto.

'Wedi rhoi'r syniad yna o ddiafol ym mhenna pobol maen nhw, fel tasa Siân Owen yn cario pechod balchder efo hi am iddi fenthyg siôl gwraig ficer Harlech. Tipical, fasa 'run o'r dynion yn gorfod cario'r diafol efo fo i nunlla, na fasa? Y wraig yn cael ei gweld fel y ffigwr gwannaf, dyna be ddigwyddodd efo'r merched gafodd eu cyhuddo o fod yn wrachod yn y Salem arall hwnnw. Hen syniadaeth y piwritan, meddwl bod y diafol yn canfod gwendid mewn cymeriad merched, wrth gwrs, ac yn gwthio'i ffordd fel sarff i mewn i'w cyrff nhw a'u meddiannu nhw. A dyna fo – y wraig yn troi'n wrach jyst fel'na. Mae isio gras.'

'Cŵl dachi, Nain.'

Dwi'n gobeithio bod Bert wedi cael ei feinciau capel bellach, ac nad oes yna bryf ynddyn nhw.

Dwi'n mynd allan i ben drws i ogleuo'r rhosod.

RHAN 2

21

1912

Disgwyl Gwenni ydan ni. Ifor a finnau.

'Mi fydd yma gyda hyn, Edith,' ac mae Ifor ar binnau.

Mae'r tŷ ar ymyl craig uwchben y cwm, ac weithiau dychmygaf fy mod yn hedfan neu'n gogor-droi ar adenydd uwchben y tir a'r dolydd. Uwchben y ffermydd, y tyddynnod a'r corlannau, yn plymio i lawr hyd dorlannau'r afon Nantcol, yn dilyn y wagenni i lawr y ffordd gul a'r gelltydd coediog, heibio'r ysgol a heibio'r capel a nodau'r pedwar llais yn plethu i'r awyr. I fyny yma mae'r byd i gyd wrth ein traed.

Craffa Ifor i lawr ar hyd y ffordd, ond all o ddim craffu ymhellach na Ffridd Glanrhaeadr, oherwydd heb wydrau, wêl neb cyn belled â'r adwy sydd ar gychwyn y ffridd, ac mae'r haul yn ei lygaid. Suddo mae'r haul ar ddiwedd pnawn fel hyn, suddo draw am Eifionydd a thrwyn Llŷn yn felyngoch. Mi wnaiff ddiwrnod braf yfory debyg iawn – *gwawr goch Criciath, haul braf dranwath.*

Mi gawn hanes y gwaelodion gan Gwenni pan ddaw hi. Mae Ifor yn gyffro i gyd, mi wn i, er na fyddai o'n cyfaddef hynny, oherwydd mae Gwenni'n dod aton ni i fwrw'r Sul. Y tro cyntaf iddi wneud hynny, ac fe aethon ni ati ein dau i wneud yr ystafell orau yn barod ar ei chyfer. Rhoi'r ddesgl a'r jwg glas ar y bwrdd bach a rhosod yn y fas ar sil y ffenestr. Mae gwylio Ifor yn sythu mymryn ar y gwrthban, neu'n tynnu'r rhosyn yna sy'n mynnu gwyro dros ymyl y jwg, a'i newid am un arall o'r clawdd, yn fy swyno i. Edrycha unwaith yn rhagor dros yr ystafell, a nodio wrtho'i hun, heb ddeall iddo wneud hynny. Mae popeth fel ag y dylai fod, yn barod am ei annwyl Gwenni.

Gafaelaf yn ei law a'i arwain allan yn ôl i'r haul. Mae'n troi i wenu, ac yn symud ei law yn dyner i gyffwrdd fy moch, a theimlaf ei wres yn treiddio'n binnau trwy fy nghroen. Diolchaf bob dydd am i mi fedru rhoi to uwch ei ben pan ddaeth i holi am stafell barhaol yn y barics y diwrnod hwnnw. Mae pedair blynedd wedi pasio, a does yr un diwrnod nad ydw i wedi diolch i Dduw am ei anfon yma. Ond trallod a'i danfonodd ataf, mi wn, ac felly byddaf yn ofalus o'm teimladau, gall mendio o drallod a'r euogrwydd am adael Megan ei wraig yn ffau'r bleiddiaid i lawr yn Llanbedr, ei yrru oddi wrthyf innau. Ifor, sydd mor addfwyn â'r oen, nes i annhegwch a cham ei yrru bron i wallgofrwydd.

Gwn i'r dynion eraill ei gael yn gwmni di-sgwrs a, meiddiaf ddweud, bron yn surbwch weithiau. Ar y dechrau byddai'n anodd ganddo eistedd efo'r dynion eraill, byddai'n anodd ganddo eistedd o gwbl, allan fydda fo tan i'r golau fethu, allan yn twtio, neu'n trwsio. Yn methu dod i mewn o'r tywyllwch. A phan fyddai'r tywydd yn rhy arw, neu'r nos wedi dod, yna cerdded 'nôl a blaen, 'nôl a blaen fyddai Ifor, nes anesmwytho'r lletywyr eraill. Wydden nhw ddim am yr ing fu'n ei losgi a pheri iddo ddianc yma, digon pell i osgoi geiriau rhagfarnllyd a dylni ei bobl ei hun.

A minnau wedyn, dianc yma wnes innau. Mae gan bawb ei stori, ond does fawr i ddweud amdanaf i, dim ond i mi gael siom na fedrwn fyw gyda hi. Ac na fedrwn bryd hynny wylio'r dyn y bu i mi feddwl 'mod i'n ei garu yn magu teulu efo gwraig arall. Erbyn heddiw, mae deg mlynedd o ofalu am y gweithwyr yn y barics, a phedair o dynerwch wedi fy mendio'n llwyr o'r dolur hwnnw, ond mi wn na fedrwn ddygymod efo colli Ifor mor rhwydd chwaith. Ond nid fy eiddo i mohono, os oes y fath beth â bod berchen rhywun. Mae ganddo wraig, a rhaid i minnau ddygymod gyda hynny, mae ganddo ddyletswydd tuag ati, i'w chynnal.

Yn y blynyddoedd cynnar rheiny y dois i ddysgu ffyrdd dynion, mor fregus y gallant fod, hyd yn oed y dynion garw a chwrs. Mor frau eu balchder. A ninnau'n dysgu'n fuan sut i fagu'r synnwyr ychwanegol hwnnw sydd ei angen arnom i fwytho balchder dynion. Ond nid felly Ifor, a dyna pam na fedraf adael y topia yma tra bydd yn fodlon aros efo fi.

Eisteddwn ein dau ar y boncan sy'n sbio lawr dros y dolydd isaf. Mae carreg wastad i ni gael eistedd arni. Rhinog Fach ydy honno, meddai Arthur, a Rhinog Fawr ydy'r garreg sy'n codi ochr bellaf iddi. Yn ei chwarae mae'n ailenwi'r cerrig hyn ar ôl y mynyddoedd sy'n cau'r cwm yn bedol braf. A Drws Ardudwy wrth reswm yw'r bwlch rhwng y ddwy garreg. Rwy'n codi un o'i ddefaid cerrig bychan ac yn ei rhoi'n ofalus yn y gorlan y bu Ifor ac yntau mor brysur yn ei chreu. Bydd popeth fel ag y dylai fod pan ddaw yn ei ôl atom. Arthur bach.

'Dacw hi Gwenni, mae hi ar waelod rhiw Glanrhaeadr.'

Cwyd, gan estyn ei law i minnau, ac mi awn i lawr y ffordd i'w chyfwr. Mi fydd hi angen llaw arall i gario'r fasged, rwy'n adnabod Gwenni'n ddigon da i wybod nad yn waglaw y daw hi.

'Nhad. Sut ydach chi, Edith?' Gwena, a chymer Ifor un o'r basgedi. 'Mi ges fenyn a wyau o'r Hendre i ddod efo mi. Maen nhw yn y fasged rhag ofn i chi ei gollwng hi.'

Trwsio mae hi, wythnos yn y cwm yn mynd o dŷ i dŷ, a

merched yr Hendre angen ffrogiau efallai at gyfarfod bach neu gymanfa. Ond fedr bob tyddyn ac aelwyd mo'i chynnal chwaith.

'A thorth gyrins o Dwllnant.'

Ceisia chwerthin, ond mae ymyl yn ei llais. Mae Ifor yn adnabod ei ferch cystal, mi wn ei fod yntau wedi ei glywed.

'Popeth yn iawn ar y gwaelodion yna?'

'Ydy.'

'Dy fam? Ydy'r crydcymala'n ei phoeni?'

'Na, ddim mwy nag arfer. Mae Albert Richard yn gwaelu, Nhad, yn ei wely mae o, ac mae Mam yn mynd heibio bore a nos, ac yn disgwyl perthynas iddo o Ddolgella i ddod i aros efo fo am dipyn.'

'Mae o mewn oed mawr.'

Nodia hithau, nid salwch yr hen ŵr sy'n gwmwl chwaith. Yna mae'n troi yn sioncach, fel petai hi am drio anghofio beth bynnag sydd ar ei meddwl.

'Mae'n braf cael dod atoch chi i aros, diolch i chi, Edith.'

'Mae croeso i chi, Gwenni, unrhyw dro. Rydan ni'n falch o'ch cael chi yma, yn tydan, Ifor?'

Ac mae Ifor yn symud y fasged i'w fraich chwith iddo gael rhoi ei fraich rydd trwy fraich ei ferch.

'Wyt ti'n blino, Gwenni? Mae gen ti rownd go faith, dybiwn i. Am faint y byddi di'n y cwm rŵan?'

'Mae gen i ddigon i'w wneud yma tan ganol wythnos eto, yna 'nôl at Miss Price am ddeuddydd, cyn mynd am Harlech.'

'Ac ydy William yn brysur?'

'Ydy, digon o waith i gariwr, Nhad, er mae'n bygwth weithiau mynd am Stiniog i chwilio am waith, ond dwn i ddim be wnâi o yn y chwaral chwaith.'

'Pawb yn tyrru am Stiniog wel'di.' Yna mae Ifor yn tawelu

cyn gofyn, 'Ydy dy fam yn dygymod pan fyddi di oddi cartra?'

'Ydy. Mae hitha i'w gweld yn brysur efo'r golchi sydd ganddi i'w wneud. Ac mae hi'n dal i fynd i'r seiat, a'r capel a... wel, mi wyddoch am bobol Moriah, maen nhw'n dda wrthi.'

'Ydyn, mae'n debyg.'

Rydan ni'n cyrraedd y tŷ, yn rhoi'r basgedi ar y bwrdd, ac mae Gwenni'n tynnu ei het a'i siaced fach. Mae hi'n wraig ifanc bellach, ei llygaid yn gallu cyfarfod fy rhai i yn wastad, nid yn gwibio'n ôl a blaen fel y byddan nhw. Mae hi'n wniadwraig, ac er yn ifanc mae eisoes yn uchel ei pharch, a safon ei gwaith yn cael ei ganmol. Yn sgil hyn mae'n debyg y daeth yr hyder tawel yna sy'n ei nodweddu erbyn hyn. Hynny a'i hymarweddiad – mae ganddi'r un llygaid llwydion â'i thad, yr un llonyddwch tawel o'i chylch. Efallai nad ydy hi'n hardd yn yr ystyr arferol – ei gwallt gwinau, ei cheg ychydig yn fain, ond mae'r llygaid llwydion deallus yn gallu dal sylw, a'i gadw.

'Dim byd arall rhyfedd yn digwydd hyd y glannau, Gwenni?'

'Na, dim byd o bwys, Nhad. Mae pobol yn dal i racsio'u dillad, wyddoch chi, ac mae Llanbad yr un fath ag arfer, dim ond ychydig yn brysurach, mwy o bobol ddieithr yn dod efo'r trên i Bensarn, ac mi weles i fotor car yn dod i fyny at Artro Cottage y diwrnod o'r blaen. Ond mi fydd gwyliau'r ddwy, Miss Robertson a Miss Coulson, yn dod i ben gyda hyn, yn bydd? Mae'n amser iddyn nhw fynd yn eu holau am yr ysgol.'

'Motor car?' Mae Ifor yn eistedd. 'Oedd yna sŵn ganddo fo, Gwenni? Mi ddychrynodd bobol Llanbad, beryg.' Chwardda. 'Dwi'n cofio Tomi Cariwr yn cael wagan newydd, mi fuo honno'n destun siarad am ddyddiau, heb sôn am fotor car.'

Eistedda Gwenni hefyd, mae golwg wedi ymlâdd arni erbyn

hyn, ei hwyneb yn welw a'r brychni'n fwy amlwg o amgylch ei thrwyn. Yna gwelaf ei llygaid yn aros ar y ffigwr pren bychan ar ochr y dresel. Tegan Arthur ydy o, anghofiodd fynd ag o adra, ac yma y mae byth. Mae'n beryg bod yno hen grio ar ôl deall iddo ei adael yma.

'Arthur.' Gwn 'mod i wedi dweud ei enw braidd yn sydyn. 'Arthur bach, mae'n dod yma aton ni i aros weithiau.'

Mae Ifor yn rhoi ei fysedd trwy ei wallt.

'Mi fu fy nith yn wan ei hiechyd, wyddoch chi, ac mae Arthur bach yn cael dod yma weithiau iddi hi gael ysbaid o lonydd.' Ond ni chwyd Ifor ei ben i edrych ar Gwenni. Yna mae'n codi'n sydyn i symud y tecell dros y tân.

Mae Gwenni'n nodio, yn gwenu, fel petai rhyw bryder wedi codi oddi wrthi.

'Wela i, mi roedd Mam wedi clywed bod yma blentyn bach. Wyddoch chi, Nhad, fel mae pobol Llanbad yn gwau eu straeon.'

Mae yna ennyd o dawelwch yn treiddio trwy'r gegin – tybed ai dyna pam y gofynnodd Gwenni a gâi hi ddod i fyny i aros? Dod dros ei mam i weld drosti ei hun. Ond mae ei hwyneb yn ymlacio rhywfodd.

'Gwn yn burion, mi gei ddeud wrthi mai dod yma ar ei wyliau mae Arthur.'

Gwn nad ydy dweud anwireddau yn natur Ifor. Mae'r tân wedi mynd yn isel, chawn ni ddim paned am sbel.

22

2019

Dwi wedi dweud digon nad ydw i am barti pen-blwydd. I be wnân nhw barti pen-blwydd i mi a minnau ymhell dros fy mhedwar ugain? Mi fydda i'n bedwar ugain a deg ymhen tair blynedd ac er nad ydw i'n dweud hynny wrthyn nhw, dwi ddim eisiau gweld y pen-blwydd hwnnw. Fedra i ddim dathlu rhywbeth nad ydw i eisiau ei weld yn cyrraedd, yn na fedra?

Ond dwi'n falch i mi gyrraedd fan hyn, yn falch i mi gael gweld y ddwy fel tasan nhw'n setlo, yn fwy bodlon eu byd rywsut. Mi ddôn ar draws trafferthion eto, mwn, ond ar hyn o bryd, mae'r byd yn gwenu ar y ddwy. Ac er na fyddwn i wedi bod yn fodlon cyfaddef hynny rai blynyddoedd yn ôl, mae Bert wedi gwneud ei ran. Mae yntau wedi callio wrth fynd yn hŷn ac wedi sylweddoli, mae'n debyg, nad oes ganddo neb arall. Er dwn i ddim i be mae o'n trafferthu efo'r stondin yna, mi fyddai'n rheitiach iddo fynd yn ôl i chwilio am waith sy'n talu'n iawn, yn lle ffidlan efo llanast pobl. Dwi ddim mor groen galed ag y maen nhw'n ei gredu chwaith. Mae gen i feddwl o Bert, er gwaetha popeth.

Mae o wedi dechrau dod heibio i fwyta'i ginio, pan na fydd y stondin yn brysur, fel ar ddiwedd ha' fel hyn. Dwi'n dweud wrtho nad oes raid, 'mod i'n gallu morol yn iawn drosta i fy hun.

'Dwi'n gwybod, Olwen Agnes, ond mae'n brafiach lle yn

fama i gael fy nghinio nag yn Neuadd y Farchnad, yn tydy? Mae yna wynt digon oer o'r môr yna heddiw, chi.'

Yna mae'n mynd i wneud paned iddo fo ac i finnau, a gan mai dydd Iau ydy hi heddiw mi fydd gan Ceridwen stondin gacennau yn y farchnad, ac mi fydd Bert yn siŵr o ddod â rhywbeth efo fo, lle bod ein paned ni'n sych.

'Cacan felan neu sgonsan gymrwch chi, Olwen?' Mae'n rhoi'r banad ar y bwrdd bach, braidd yn gry ydy hi, ond waeth i mi heb â dweud, dim ond un lliw sydd yna i baned Bert – brown tywyll.

'Rwbath, sti.'

'Deudwch, be ydy gora gynnoch chi?'

'Cacan felan, ond ei hanner hi yn ddigon.'

'Iawn.'

'Ydy Ceri efo chdi heddiw?'

Mae Ceri wedi bod efo'i thaid dros yr ha' yn helpu, ac yn gwerthu rhai o'r creadigaethau mae hi wedi eu gwnïo o hen ddilladach a nialwch.

'Na, dim heddiw, mae ganddi waith paratoi, yn does?'

'Paratoi at be mae hi rŵan eto?'

'Arddangosfa yn yr Oriel, diwedd mis yma. Dach chi ddim yn cofio, Olwen?'

Weithiau mae yna rhyw bethau rhyfedd yn digwydd i mi. Rhaid i mi ganolbwyntio yn iawn, oherwydd dwi'n dechrau anghofio ambell beth. Ond mae'r doctor yn dweud nad ydy o'n ddim byd i boeni yn ei gylch.

'Ydw, wrth gwrs 'mod i'n cofio. Mi fydd yn gyfle da, yn bydd, iddi.'

Mae hynna'n ddigon, ond fedra i ddim meddwl arddangosfa o beth fydd gan Ceri chwaith. Nid y dillad yna mae hi'n werthu yn y farchnad, does bosib?

'Mae Dafydd adra o'r coleg ac mae o'n helpu i dynnu lluniau a gosod yr arddangosfa, medda Ceridwen.'

'Dafydd?'

'Ia, ydach chi'n cofio mêts oeddan nhw yn yr ysgol? Braf ydy gweld y ddau yn dal yn gymaint o ffrindia ag erioed. Os wneith rhywun rhoi trefn ar Ceri, yna Dafydd fydd hwnnw.'

Mi rydw i'n cofio Dafydd, wrth gwrs 'mod i. Bachgen bach eiddil ond digon o'i gwmpas o. Mi fydd yn rhaid i mi gofio am yr arddangosfa, fiw i mi anghofio, felly dwi'n estyn am y calendr a'r feiro i mi gael ei roi i lawr. Ond pan dwi'n edrych ar y dyddiad, mae o i lawr yn barod.

Wedi i Bert fynd yn ei ôl i'r farchnad, dwi'n cario'r llestri draw i'r gegin ac yn eu gadael yn y sinc. Waeth i mi eu golchi efo llestri swper ddim. Mi ddaw Eirlys adra toc o'i gwaith a rhaid i mi feddwl am rywbeth iddi. Mae gen i ddarn o bysgodyn gwyn yn y rhewgell – mae hi'n mwynhau pysgodyn gwyn efo saws parsli a thatws stwnsh. Ond ar ôl mynd 'nôl i'r parlwr i eistedd, dwi'n cofio nad ydy Eirlys yma siŵr. Mae Eirlys wedi mynd ers… ac mae'n rhaid i mi wneud sym yn fy mhen… mae Eirlys wedi mynd ers bron i ddeugain mlynedd.

Beca sydd yma efo fi rŵan, Beca sydd mor debyg i'w mam fel ei bod yn drysu hen wraig ffwndrus fel fi.

Mwya sydyn, o nunlle, dwi'n gorfod chwilio am fy hances. Be sy arna i? Mae'r dagrau'n dod o rywle, ond doeddwn i ddim yn meddwl 'mod i am grio chwaith, ond dwi'n cofio'r bore y collais i Eirlys yn iawn, a'r sioc o weld y ddau blismon yno'n sefyll a Beca yn beth fach yn cuddio tu ôl i mi, yn chwerthin am fod cuddio ym mhlygiadau fy sgert i'n gêm dda ar y pryd. A'r ddynes plismon yn gofyn a fyddai'n iawn iddyn nhw ddod i mewn, a finnau'n agor y drws yn lletach, a nhwytha'n fy mhasio fi i'r gegin ac yn sefyll yno'n chwithig,

'Mrs Ellis, mae'n well i chi eistedd,' meddai hi ymhen hir a hwyr. A finnau'n gwybod yr eiliad honno fod Eirlys wedi mynd. Wedi misoedd o fyw ar ymyl dibyn, roedd hi wedi methu tynnu'n ôl o'r ochr y diwrnod hwnnw.

'Mae yna gorff wedi ei ffeindio, i fyny wrth y dam.'

Dyna'r tro cyntaf ac olaf i mi ddweud y drefn wrth Beca. Hogan fach oedd hi, ac yn mynnu dal ati i chwarae cuddio.

Mi ddaeth Bert adra o'r Almaen am chydig fisoedd ar ôl colli Eirlys, ei wraig. Ond roedd yn rhaid iddo fynd yn ei ôl i'w waith, medda fo, gweithio ar safle adeiladu efo criw o Gymry tebyg iddo fo ei hun. Roedd y gwaith yn talu'n dda, ac roedd angen arian i fagu Beca, a doedd yna ddim byd tebyg i'w gael yn fan hyn. Os oeddwn i'n fodlon ei chymryd hi tra bydda fo oddi cartra. Wrth gwrs 'mod i wedi cytuno. Efo fi oedd hi beth bynnag. Be wyddai o bryd hynny sut i fagu merch fach dair oed, achos wyddai o ddim o gwbl sut i wneud efo cymar oedd mor sâl fel na fedrai hi godi o'i gwely'n yn y bore, ac wedi codi na fedrai hi wneud un dim ond sefyll yn ei hunfan wedi ei rhewi gan ofn rhywbeth na fedrai neb arall ei ddeall. A finnau'n gweld bai arno fo amser hynny am fethu gwneud mwy. Ond ifanc oedd Bert hefyd. A dydy salwch fel oedd gan Eirlys ddim fel pendics, does yna ddim deall ar salwch fel yna. Ac mae hi wedi cymryd oes i mi ddeall nad oedd bai ar neb. Beth bynnag, dianc wnaeth Bert, am sbel o leiaf. Mae'n ddrwg gen i erbyn hyn am weld bai arno fo. Rhyfedd sut rydan ni gyd yn newid efo amser.

Reit, rhaid i minnau styrio, lle 'mod i'n eistedd fan hyn yn hel meddyliau.

Mae yna rywun wrth y drws, neb dwi'n ei nabod mae'n rhaid, achos dydyn nhw ddim yn dod i mewn ar ôl iw-hwian. Fedra i ddim dweud pwy ydy hi, ac eto mae yna rywbeth yn gyfarwydd yn ei hwyneb hi. Am funud dwi'n oedi, achos dydw i ddim mor wirion â gadael pobl ddieithr i mewn yma. Yn tydy pawb yn rhybuddio pobl fel fi, wel, waeth dweud y gair, *hen* bobl fel fi, i fod yn ofalus? Ond mae hon yn gwenu'n glên ac mae gen i ryw go ohoni, dwi'n siŵr 'mod i'n ei nabod hi.

'Helô, Mrs Ellis, sut ydach chi ers talwm?'

Dwi'n dal y drws, ond tydy hi ddim fel tasa hi am ddod i mewn chwaith.

'Dod yma i gyfarfod Ceri ydw i. Mi ddeudodd wrtha i y bydda hi yma. Ydy hi wedi cyrraedd o 'mlaen i?'

'Na, tydy hi ddim yma, chi, ond dewch i mewn 'run fath.'

'Ydach chi'n fy nghofio fi? Kay ydw i, mi fues i yma ambell dro efo Ceri, pan oeddan ni'n yr ysgol. Ni oedd yn gwneud llanast yn eich cegin chi ers talwm, pan oeddan ni'n trio gwnïo a ballu.'

Dydw i ddim yn cofio'n syth, ond pan rydan ni'n mynd trwodd i'r parlwr i eistedd, mae hi'n codi'r llun ar y silff ben tân. Hwnnw efo Ceri a'i ffrindiau ar lan y môr a'r hogan fach denau honno'n cydio yn ymyl y crys efo llun Siân Owen arno fo, a'r gwynt yn bygwth ei chario hi a'r crys allan i'r ewyn.

Mae hi'n chwerthin ac yn estyn y llun i mi.

'Fi ydy honna, ylwch, dachi'n cofio?'

Mi wela i rywbeth yn ei llygaid, tosturi ydy o, mae hon wedi deall. Mae hi'n cyffwrdd fy llaw i ac yn rhoi'r llun yn ôl ar y silff ben tân.

23

1912

Pan ddaeth Arthur atom i ddechrau, mi ddaeth â'r heulwen gydag o. Mae'n fachgen bach siriol, a buan y daeth i ailadrodd geiriau Cymraeg am y gwrthrychau o'i amgylch – pêl, bwrdd, afal. Meddai ar feddwl miniog, a deallai symudiadau Ifor i'r dim, deallai pan y byddai Ifor yn rhoi ei gap am ei ben y dylai yntau chwilio am ei gôt a gwthio ei draed bach meddal i'w sgidiau i gael mynd allan i chwilio'r creigiau am ryfeddodau. Ond ni châi fynd, wrth gwrs, ar gyfyl y wagenni trymion, a dyna grio wedyn a thynnu'n groes. Er ei sirioldeb, roedd styfnigrwydd yno dan yr wyneb hefyd. Chwerthin wnâi Ifor a nodio.

'Mi ddaw'n gryfder ynddo wyddost ti, Edith, ymhen amser. Chaiff neb y gorau ar Arthur.'

A phan fyddai'n cael mynd gydag Ifor i grwydro'r llethrau a'r creigiau tu cefn i'r tŷ, gwyliwn innau'r ddau yn mynd law yn llaw. Byddai Ifor yn gwybod 'mod i'n gwylio, ac yn troi yn ei ôl unwaith y deuai at y graig lle mae'r ddaear llwynog, i godi llaw arnaf, a bryd hynny byddwn yn teimlo y gallwn i ac Ifor orchfygu popeth. Rhyfedd sut y gall un enaid bach fel hwn roi'r byd yn ôl mor sicr ar ei rod.

Gwyliwn y ddau'n aros yn llonydd, llonydd, gan wybod y byddwn yn cael clywed am yr aderyn bach y bu iddyn nhw ei weld neu ei glywed, tinwen y garn efallai neu'r ehedydd. Weithiau gwelwn y ddau'n plygu, yn edrych ar rywbeth rhwng y gwair.

'Nyff,' meddai'r bychan wrth iddyn nhw ddod yn eu holau i'r tŷ yn llawn storïau.

'Nyth be welson ni, Arthur? Deud wrth Modryb Edith.'

Ac yntau'n methu cofio'r enw.

'Ehedydd.'

Ac ambell waith deuent yn ôl â swp o rug gwyn, yn lwc dda, a minnau'n ei glymu gyda rhuban a'i roi ar y distyn yn dalismon, ac Ifor yn ffug wgu.

'Wnei di ddim troi'n ofergoelus yn na wnei, Edith?'

'Paid â meiddio tynnu'r grug o'r distyn, rhag i'r nenfwd ddymchwel ar ein pennau ni.'

Byddwn yn tynnu arno, pryfocio. Gwenu wnâi Ifor, ond ddylwn i ddim pryfocio chwaith a minnau'n gwybod am y syniadaeth ddaeth rhwng ei wraig ac yntau.

'Waeth i ti fod ofn ofergoel 'run dim, er na fyddai Megan yn cytuno, ond yr un peth ydy o. Ofergoelion sydd wedi cael sêl bendith crefyddwyr ydy cadw Sabath. Fyddai hi ddim yn gadael i'r merched wneud dim ar y Sul, wyddost ti, ddim hyd yn oed drwsio. Roedd mynd allan i'r ardd gefn yn bechod, oni bai bod yn rhaid, am fy mod i wedi anghofio dod â dŵr i mewn y noson cynt.' Ac Ifor yn tynnu ei fysedd trwy'i wallt wrth gofio.

'Mi fyddai dydd Sul fel blotyn inc ar ein dyddiau, a'r merched yn gorfod eistedd yn llonydd, wedi dod o'r capel min nos, yn myfyrio neu ddarllen eu Beibl. Fyddai Gwenni ddim yn dioddef cymaint, mi wn y byddai hi'n medru difyrru ei hun yn synfyfyrio, neu'n edrych ar y lluniau yn y Beibl Mawr. Ond i Neta roedd yn artaith, a dyna'r unig noson yn yr wythnos yr oedd y ddwy yn fodlon mynd am eu gwlâu yn gynnar.'

Nid barnu ei wraig fyddai Ifor, dim ond dweud sut yr oedd pethau, sut y bu i ofn Duw droi'n salwch ynddi, a'i gyrru i fethu gweld dim ond pechod yng ngweithredoedd pobl. Tristwch fyddai yn ei eiriau nid dialedd. Fe fu'n ei charu unwaith, mi wn. Fe brofodd y ddau ddedwyddwch ym mlynyddoedd cynnar eu priodas, cyn i feis Diwygiad gau amdani a'i gwasgu nes nad oedd lle ar ôl ynddi i ddim arall ond ofni'r Arglwydd. Fe fu'n ei charu, a da o beth ydy hynny. Feiddiwn i wneud dim gyda dyn nad oedd erioed wedi profi cariad.

'Wyt ti am ddod i lawr at y bont efo ni, Arthur?'

Daw Ifor i mewn o'r haul a'i grys ar agor, ac mae Arthur yn rhedeg am y drws, ei draed bach yn clepian ar y crawiau, mae'n barod am antur. Rhof innau fy het. Diwrnod y Sgyrsiwn Fawr ydy hi heddiw ac maen nhw'n cael tywydd braf i'w taith. Y bobl ddieithr ydyn nhw. Bob blwyddyn maen nhw'n hel o'u tai mawrion tua Harlech a Llanfair, ac yn cael trap i fynd â nhw i fyny am Gwm Bychan. Yna fe gerddan nhw i fyny am Fwlch Tyddiad, ond dod i lawr am Nantcol wedyn ac i Faesygarnedd. Weithiau fe fydd te iddyn nhw yno, ac yna ymlaen â nhw fel carnifal, yn eu hetiau i lawr trwy'r cwm, heibio Salem ac i Bont Beser, lle bydd y merlod a'r trapiau'n eu haros i fynd â nhw yn eu holau am Harlech.

Rydw i'n eu hedmygu am fynd fel yna ar daith gerdded. Dyna beth mae arian yn ei roi i chi, debyg iawn – yr hawl i wag-swmera, a chymryd gweithgaredd fyddai'r dyn cyffredin yn ei wneud fel gwaith, yn gyfle i hamddena.

Ond mae yna rywbeth am y bobl ddieithr yma sy'n fy nenu atyn nhw hefyd. Maen nhw'n sbio ar fywyd mewn ffordd wahanol i ni, rywfodd, mae yna fwy o lawenydd ynddyn nhw, a dyna pam fod Ifor am fynd ag Arthur i lawr tua'r bont, i'w gweld. Dwi'n gobeithio na ddaw teulu bach Llam Maria i'w cyfarfod – fyddai ddim lles yn dod i Mari Ifan weld y fath gyfoeth a hithau yng nghanol brwydr i gadw'r rhai bach yna'n fyw. Ac wrth reswm, dim ond hyn a hyn o dlodi mae'r bobl fawr eisiau ei weld, mi fedran ddygymod â rhoi yn burion, cyn belled nad oes raid iddyn nhw weld â'u llygaid eu hunain y tlodi yn ei holl nychdod. O'i weld fel y byddwn ni'n ei weld yn Llam Maria, cael ei ddiffodd fel fflam cannwyll fyddai'r llawenydd hwnnw sy'n eu hamgylchynu hwythau.

Wrth glymu fy het, rwy'n cael pigyn o gydwybod, rhaid i mi fynd fory neu drennydd ar draws y ffridd i Lam Maria.

'Ty'd, Edith.' Mae'r ddau yn aros amdanaf wrth y beudy, a brysiaf innau i'w canlyn. Mae'r bychan yn codi cerrig o'r ffordd, yn eu rhoi yn ei boced. Fe helia'r cerrig gwynion i gyd i'w defnyddio fel defaid.

'Cadw nhw ar ochr y ffordd yn fan yna, Arthur, neu mi fydd yn waith caled dringo yn dy ôl i fyny'r allt yma a'r ddiadell yna dy boced.'

Mae'n troi i chwerthin. 'Mae'r bugail bach yn rhy ofalus o'i braidd, Modryb Edith.'

Oeda'r bachgen. Nid yw am ollwng ei ddefaid, ac yna daw Ifor i'r adwy eto, gan estyn ei hances boced. Mae'n rhoi'r defaid cerrig yn ei chanol, yn gwneud cwlwm ynddi, ac yn rhoi pren trwy'r cwlwm.

'Dyna ti, dy becyn defaid, wnân nhw ddim dianc fel yna. Dyro'r ffon dros dy ysgwydd rŵan.'

Ac felly rydan ni'n tri'n brysio i lawr yr allt i weld y Sgyrsiwn yn cyrraedd y bont. Nodia ambell un yn fonheddig, ac yna daw Miss Robertson i'r golwg heibio'r tro. Mae'n aros am funud i Miss Coulson ei chyrraedd ac mae'r ddwy yn dod oddi ar y ffordd atom i siarad. Mae Arthur yn codi ei becyn i'w ddangos.

'What have you there, Arthur?' meddai Miss Coulson.

'They are my sheep cerrig,' meddai yntau, ac rydan ni'n

pedwar yn chwerthin. Mae Arthur yn tynnu ei becyn oddi ar ei gefn ac yn ceisio agor y cwlwm. Plyga Ifor i'w helpu.

'He would like you to see his flock of highland sheep,' ac mae Ifor yn gadael i'r cerrig redeg ar hyd y ffordd.

'Ar eu holau nhw, Arthur, rhag ofn iddyn nhw ddengyd,' meddai Ifor wedyn, cyn sythu.

'When are you leaving Llanbedr, Miss Robertson?'

'We re-start school mid-September, Ifor.' Mae hi'n aros wedyn ac mae ciwrad newydd Harlech yn pasio. Mae Miss Robertson yn nodio arno, ac mae'n aros am funud cyn deall nad ydy Miss Robertson am ddweud dim arall. Gwelaf fod Ifor yn anesmwytho, mae Arthur wrthi'n tynnu gwair o ymyl y ffordd a'u luchio i'r hances yn borthiant i'r defaid.

Yna mae'r ciwrat yn mynd yn ei flaen at y lleill, ac mae Miss Coulson yn gwenu.

'We'll miss the tranquility as always.'

'Yes.'

'But we'll be glad to see Arthur. He's getting along so well is he not?'

'He is indeed, thank you.'

24

Dynes fechan oedd Mam, ysgafn, a rhywbeth o'i hamgylch oedd yn fy swyno fel hud a lledrith. Byddai'n fy atgoffa o'r lluniau tylwyth teg yn fy llyfr stori, yn symud bron fel tasa hi ar adain, yn chwim ac ysgafndroed, fel y cymeriad hwnnw oedd yn medru dawnsio ar bennau brwyn heb eu plygu. Ella bod a wnelo ei phryd golau rywbeth â'r syniad hwnnw hefyd. Cofio syllu arni pan fyddai'n darllen storïau i mi, chwilio ei hwyneb, a hithau'n trio peidio chwerthin. Ei chroen gwelw yn llawn brychni haul, ei llygaid llwydion yn fywyd i gyd, a'i gwallt golau'n dechrau britho ac eto'n dal yn donnog. Mi fyddai gwragedd hanner ei hoed wedi heneiddio rywsut, ond a hithau'n nesu at hanner cant erbyn i mi fedri sylwi'n iawn arni, roeddwn i'n rhyfeddu at y nwyfiant a'r ieuenctid oedd yn dal i'w dilyn fel rhuban. Ac eto, mae'n debyg mai dim ond fi oedd yn gweld hynny, oherwydd fe'm lapiwyd i yn y fantell gain, feddal yna oedd o'i chylch.

Ond byddai pobl eraill efallai ddim ond yn gweld yr eiddilwch, y breuder, y ffordd chwit chwat oedd ganddi weithiau o gychwyn stori ac yna newid trywydd ar ei chanol. Gan dybio efallai ei bod yn ddiniwed, neu'n hawdd ei throi, ac weithiau byddwn yn amau iddi eu harwain i gredu felly hefyd, gan adael iddyn nhw ddisgyn i'w gwe, a'u mwytho nes iddyn nhw gredu ei bod yn hawdd ei phlygu, yn hawdd ei mowldio i'w fford hwy o feddwl. A phan fyddai hynny'n digwydd, yna byddwn i a Father wrth gwrs yn deall, ac yn dechrau tosturio wrth y sawl a ddisgynnodd mor ddiarwybod i'r trap, am y bydden ni'n dau'n gwybod cyn diwedd y cyfarfyddiad â Mam y bydden nhw'n gwingo fel pry mewn sidan.

Ond dysgu bod felly wnaeth fy mam. Cael ei gorfodi gan amgylchiadau i ofalu amdani ei hun, a minnau yn sgil hynny wrth gwrs. Chawsai neb y gorau arni.

A chaiff neb y gorau arni eto chwaith.

'Ydach chi'n gweld yn iawn o fan'na, Nain?'

Beca, mae hi'n ffysian o 'nghwmpas i, a Bert wedyn yn dod â llond soser o greision i mi.

'Dwi wedi cael swper cyn dod, Bert. Dos â rheina i rywun arall.'

'Peidiwch â dod a gwin iddi, Bert.' Beca sy'n dweud. Mae hi wedi cymryd yn ei phen na ddylwn i gael gwin rŵan. Mae hi'n cadw'r botel i gyd iddi hi ei hun. Digywilydd ydy peth fel'na a finnau wedi ei dysgu hi ers pan oedd hi'n beth fach i rannu.

'Gymra i un bach, Bert, diolch.'

Mae Beca'n gwgu. Mae hi'n gwgu llawer iawn y dyddiau yma, dwi wedi sylwi. Yn fy ngwylio fi, yn dilyn i weld ble dwi'n mynd. Rhaid iddi beidio, wna i ddim rhedeg i ffwrdd i'r môr na dim byd felly. Nid fy mam ydw i.

'Braf gweld Kay yn ôl adra o'r coleg tydy, Nain?'

'Kay?'

'Ia, dach chi'n cofio Kay, yn tydach?'

'Ydw, neno'r tad.'

Mae Bert a Beca'n edrych ar ei gilydd ac yn gwneud llygaid. Maen nhw'n meddwl na weles i mo Bert yn codi ei aeliau. Efallai 'mod i wedi ateb braidd yn ffwr bwt.

'Ydw, dwi'n cofio Kay, sti Beca, mi ddoth heibio diwrnod o'r blaen, dod i gyfarfod Ceri. Hogan fach annwyl iawn ydy hi.'

'Ydach chi'n licio'r arddangosfa, Nain? Be ydach chi'n feddwl o'r printiada, fasach chi'n licio cael gorchudd clustog fel yna?'

Mae hi'n pwyntio at un o greadigaethau Ceri. Mae o'n lliwgar iawn, ond dydy'r gorffeniad ddim yn ddigon da, mae'r ymyl wedi dechrau rafio a datod. Mi fyddai pobl ers talwm yn gwaredu. Does yna ddim byd yn cael ei wneud yn iawn dyddiau yma. Dwi'n cofio modryb Gwenni'n gwnïo ffrog i mi pan oeddwn i'n blentyn. Un felfed *royal blue*, a choler wen arni a rhuban i'w chau yn y cefn. Roedd hi'n berffaith. Mi roedd Gwenni'n wniadwraig dda nes pylodd ei golwg hi, ond fasa hi'n dweud rywbeth wrth weld gorffeniad blêr fel yna.

Wna i ddim dweud dim chwaith. Ond mi faswn i'n licio tasa Ceri'n symud yn ei blaen oddi wrth y siapiau yna o Siân Owen o hyd. Dduw mawr, mae'n bryd i ni gael rhywbeth gwahanol rŵan siawns.

'Oes ganddi rywbeth heb het ddu a siôl arno fo, Beca?'

Waeth i mi ofyn ddim. Ond dydy Beca ddim fel tasa hi'n fy nghlywed. Ddim yn gwrando mae hi.

Mae'r Oriel yn llawn, mae yma lawer o bobl ddiarth faswn i'n dweud, neu wn i ddim pwy ydyn nhw. Ond wn i ddim pwy ydy hanner pobl y lle yma bellach. Nid gwaith Ceri'n unig sydd yma, meddai Beca, ond mae Ceri yn brysur yn siarad efo hwn a'r llall, yn gwau rhwng y byrddau arddangos, yn aros weithia i nodi rhywbeth. Mae Ceridwen yma, a Dafydd, dwi'n eu nabod nhw'n iawn, beth bynnag. Mae Dafydd a'i gamera dros ei ysgwydd yn tynnu lluniau. Mae o'n anelu'r camera ffordd yma a dwi'n codi fy llaw ar draws fy wyneb, dwi ddim eisiau cael fy llun wedi ei dynnu. Mae gen i ddigon o hen lunia acw, llond bocsys, heb gael un arall i ychwanegu at y llanast. Daw Ceridwen i eistedd. Mae Beca'n cynnig gwydraid o win iddi *hi* yn syth, dwi'n sylwi.

'Mynd yn dda yma, Beca.'

'Ydy, mae hi. Braf gweld y tri yn ôl efo'i gilydd.'

'Diolch i Dafydd am ddod i helpu eto yndê, Beca.' Mae Dafydd wedi bod efo ni o hyd, fel craig na syfl. Rhyfedd 'mod i'n cofio geiriau emynau a finnau erioed wedi bod yn gapelwraig chwaith.

'Dyna'i betha fo, yndê,' meddai Ceridwen. 'Maen nhw wedi bod yn ffrindia da, yn tydyn?'

Rydan ni'n tair yn troi wedyn i weld y tri yn chwerthin yng nghornel y stafell. Mae Kay yn gwisgo'r crys hwnnw wnaeth Ceri efo'r *fringe* ar ei waelod. Mae hi'n cael llawer o sylw ac mae Dafydd yn tynnu llun ar ôl llun. Mae hi'n troi ffordd yma a ffordd acw, i arddangos y dilledyn, mae hi'n eneth dlws, ei gwallt golau tonnog yn dianc o'r blethen lac yna ac yn ymestyn i lawr ei chefn. Mae yna ryw olau rhyfedd o'i chwmpas rywsut, fel tylwythen deg. Mae yna ddyn tal yn symud tuag ati ac yn dweud rhywbeth am y crys mae'n rhaid, ac maen nhw'n chwerthin. Dydy'r dyn ddim o'r ffordd yma, mae o'n anghyffredin o dal, yn fy atgoffa fi o Father. Mae'n cyffwrdd ei llawes hi, ac mae hi'n troi i wenu arno fo, ac mi wela i rywbeth yn y wên yna sy'n cau pawb arall allan. Felly buon nhw erioed, Father a Mam, byw iddyn nhw eu hunain, a finnau wrth gwrs.

Mae Ceri a Dafydd yn dod am yma.

'Mynd yn dda, Ceri. Gest ti ddigon o lunia bellach, Dafydd?' Mae Ceridwen yn cytuno efo fi, gormod o luniau fydd yna yn y diwedd a neb yn gwybod be i'w wneud efo nhw.

'Ydach chi'n barod i fynd adra, Olwen?' Bert sydd yna wrth fy mhenelin.

'Ydw, sti.'

Dwi'n blino mewn pethau fel hyn, gormod o griw yn fy

nrysu, a fedra i ddim cadw efo sgwrs pobl achos maen nhw'n neidio o un sgwrs i'r llall heb rybudd.

'Mi a' i nôl eich côt chi, Olwen.' Chwarae teg iddo fo, Bert, mae o'n un ffeind, er na ches i wydraid o win ganddo fo chwaith, ond bai Beca oedd hynny, wn i.

Mae Ceri'n dod ataf i at y drws.

'Diolch am ddod, Nain. Gobeithio na fyddwch chi ddim wedi blino gormod fory. Mi ddo' i draw yn bore.'

Mae hi'n rhoi cusan fach i mi ar fy moch, ac yn troi. Roeddwn i wedi meddwl rhoi chydig o bres iddi, ond dydy fy nwylo fi ddim yn symud yn ddigon sydyn.

Yna dwi'n gweld Mam yn y gornel efo'r dyn tal yna sy'n debyg i Father. Rhyfedd eu bod nhw yma yng nghanol pobl fel hyn hefyd, adra maen nhw'n licio bod fel arfar, i fyny ar y topia yna ymhell o olwg pawb.

'Deud wrth Mam 'mod i wedi mynd adra, wnei di, Bert?'

Ond dydy Bert ddim wedi clywed, mae'n rhaid, achos mae o'n cydio yn fy mraich ac yn fy helpu at y car.

25

Pethau anwadal ydy anifeiliaid. Ac oni bai am ddau ddigwyddiad anffodus, mi fyddai heddiw wedi pasio fel pob diwrnod arferol. Ond nid felly y bu, a dwn i ddim beth fydd canlyniad hynny'n iawn.

Anaml yr af i Lanbedr. Mi fedraf fel arfer gael beth sydd angen arnaf ym Mhentre Gwynfryn, neu fel arall medraf yn hawdd fynd i lawr dros ben yr Allt Fawr ac i Ddyffryn Ardudwy. Af i ddim am Lanbedr rhag i mi wneud gwaith siarad yno. A fyddwn i ddim am y byd yn dymuno brifo dim ar deulu Ifor nac am roi halen yn y briw wrth i Megan fy ngweld yn siopa ar gyfer y ddau ohonom. Mae'r ffaith ei fod yn dal yn briod â hi wrth reswm ym mlaen fy nghydwybod o hyd.

A fyddwn i ddim wedi mentro heibio'r tŷ chwaith oni bai i amgylchiadau fy ngorfodi i wneud hynny.

Roedd Ifor wedi cael ei ddal yn y cwm. Roedd angen symud mwy o wagenni nag erioed, a'r galw am y manganîs yn codi, a rhyw anesmwythyd yn cerdded palasau Ewrop, yn ôl y papurau. Wyddwn i ddim am hynny, ond ysgwyd ei ben fyddai Ifor pan fyddai'n darllen am ryw helyntion fyth a hefyd am ryfeloedd mewn tiroedd pell fel Macedonia a Serbia.

'Rhyfel fydd hi.' A'r oerfel yn mynd i lawr fy meingefn wrth ei glywed yn darllen rhybudd arall, yn uchel o'r papur newyddion.

A minnau heddiw felly'n mynd i Bensarn fy hun i gwrdd a'r trên. Dod atom am y Nadolig yr oedd Arthur, a'i fam yn gorfod aros ar ôl i ofalu am y merched rheiny oedd yn aros yn yr ysgol, ac yn methu mynd i dreulio'r gwyliau gyda'u teuluoedd. Roedden ni'n dau i gerdded ar hyd y ffordd gefn o Bensarn, a byddai Ifor wedi trefnu bod merlen a thrap yno wrth y felin i'n cyfarfod. Gwelwn fod y bychan wedi blino, ond byddai wedi medru cerdded y ffordd gefn yn burion.

Mr Thomas Wenallt Stores ddaeth i'n cyfarfod fel roedden ni'n troi i fyny am y ffordd gefn, ac yn chwifio ei law arnon ni i aros.

Cyffyrddodd ei gap, wyddwn i ddim yn syth os oedd wedi fy adnabod. Fel y soniais doeddwn i ddim wedi bod yn y Wenallt ers pedair blynedd, a minnau'n osgoi Llanbedr.

'Miss Williams,' meddai, a minnau'n aros. 'Miss Williams, maddeuwch i mi yn eich poeni, ond gwell i chi beidio â mynd yn eich blaen ffordd yna. Mae yna fuwch wedi rhusio ar y ffordd, ac mae dau o fechgyn Pensarn yn trio'u gorau i'w chael yn ei hôl trwy'r glwyd, ac i'r beudy. Ond wn i ddim pryd y cawn nhw afael arni, mi fydd yn y ffordd yn fan hyn mewn dim o dro os na fedran nhw gael y blaen arni.'

Sefais am funud yn ansicr. Doeddwn i ddim am gerdded ar hyd y Sarn Hir, roedd yn ffordd bell i Arthur, a byddai'n rhaid i ni gerdded trwy'r pentref ar ei hyd, y stryd yn gyfan cyn medru troi wrth y Ring ac i fyny am y felin. Ond pa ddewis arall oedd i mi, a'r llwybrau ar i fyny trwy'r corsydd yn rhy wlyb a lleidiog?

'Mi fedra i fynd â chi cyn belled â Llanbad,' meddai'r siopwr wedyn, gan nodio ar Arthur a gwenu. Mi wn am garedigrwydd Mr Thomas. Ddoe ddiwethaf roedd Mari Ifan yn ei ganmol am ddanfon peilliad a siwgr iddi trwy law cymdoges. Rhoes ei law allan i'r bachgen a gwthiais Arthur tua'r step, codais innau ar ei ôl i eistedd.

'Mae buwch wedi rhusio yn anifail peryg wyddoch chi, Miss Williams,' meddai wedyn gan annog y ferlen yn ei blaen. Nodiais, a diolch iddo.

Gallwn synhwyro nad oedd y dyn yn gyffyrddus yn ein cwmni ni'n dau, ac ni fu fawr o sgwrs rhyngom, ac fel yr addawodd, cawsom ein cario at y Ring.

'Da bo chi, Miss Williams,' meddai a chodi ei het, a diolchais yn gynnes iddo.

A byddai popeth wedi bod yn iawn hefyd.

Ar ochr y stryd, roedd Annie May a'r bachgen. Mae ychydig yn hŷn nag Arthur, ac yn ôl pob tebyg yn dipyn o lond llaw. Roedd daeargi bach gwyn yn eu dilyn a gallwn glywed y bychan yn galw arno – Jimbo. Gwenais, roeddwn i'n hoffi'r enw.

Roedd cerbyd a dau geffyl ar fin cychwyn o'r Ring i gyfeiriad Harlech ond rywsut fe aeth y daeargi rhwng coesau'r ceffylau a'u dychryn nes i'r cerbyd neidio yn ei flaen. Wn i ddim yn iawn beth ddigwyddodd, ond wrth i'r cerbyd symud mi glywn sgrech o gyfeiriad Annie May ac yna roedd y bachgen yn gorwedd ar y ffordd, a gwaed ar ei wyneb. Fedrwn i ddim anwybyddu'r sgrechfeydd, ac er nad oeddwn am i Arthur ddychryn chwaith, fedrwn i wneud dim ond rhedeg yno.

Roedd y bachgen, Edgar, wedi dychryn wrth gwrs, ac mae'n debyg mai rhywbeth oedd ar y wagen oedd wedi ei daro. Roedd gwaed yn tywallt o archoll cas ar ei foch, ac yng nghanol yr helynt daeth gwraig allan o un o'r tai cyfagos. Doeddwn i ddim wedi deall o ba dŷ y daeth hi nes ei bod yn rhy hwyr. Ac mae'n bur sicr na ddeallodd hithau pwy oeddwn innau cyn iddi fod yn rhy ddiweddar chwaith. Daliai Annie

May i weiddi, a gwelwn Gwenni'n dod allan trwy ddrws siop Miss Price ac yn rhedeg tuag atom ni.

Bu'n rhaid cario'r bachgen i'r tŷ a'i roi i eistedd ar y gadair wrth y tân. Bu Gwenni a finnau'n brysur yn glanhau'r briw, yn chwilio am ddarn o liain glân yn ddresing arno, ac yn cysuro'r bychan, tra bu'r wraig yn paratoi te cryf i Annie May i'w chael i ddod dros y sioc. Eisteddai Arthur yn dawel ar waelod y grisiau fel y siarsiais o i wneud, mae'n fachgen da. Yna wedi i'r storm basio a ninnau'n ceisio sicrhau Annie nad oedd dim niwed wedi ei wneud i Edgar ac y byddai'n mendio mewn dim o dro, cododd a diolch am y te, ond rhyw droi yn ei hunfan oedd hi.

'Mi fydd yn iawn rŵan i ti, Annie,' ceisiodd Gwenni. 'Well i ti fynd ag o am adra ac i'w wely'n gynnar wedi iddo fo gael mymryn o fara llaeth ella?'

Ond dal i oedi wrth y drws yr oedd hi, ei llygaid yn neidio o un pen i'r stafell i'r llall. Yno y byddai wedi bod am funudau lawer mae'n beryg oni bai i'r bachgen dynnu yn ei llaw.

'Dewch, Mam, dewch i chwilio am Jimbo.' Roedd wedi cofio am y daeargi, ac am fynd i'w achub.

A dyna pryd y cawsom ein gadael, y pedwar ohonom yn y gegin, lle bu Ifor yn rhannu'r bwrdd a gwres y tân gyda'r wraig hon, Megan.

'Mae'n ddrwg gen i ddod ar eich traws,' meddwn ymhen ysbaid, a theimlai'r eiliad honno fel petai amser ar stop.

'Wnaethoch chi ddim,' meddai hithau, a gallwn weld yn ei hystum yr anesmwythyd.

'Mi af i,' a chychwyn am y drws wnes i. Gafaelais yn llaw Arthur ac ailafael yn ei garpet bag.

'A hwn ydy Arthur bach?' Safai Gwenni yno ar waelod y grisiau. 'Mae'n dda gen i eich cyfarfod chi, Arthur,' meddai, a daliodd ei llaw allan iddo, a chymrodd yntau ei llaw fel gŵr bonheddig bach. Chwarddodd Gwenni.

'Mae'n fachgen hyfryd, Edith,' meddai, a nodio ar ei mam. 'Dyma Arthur bach, Mam, wyddoch chi'r bachgen bach y soniais amdano sy'n dod i aros at Nhad a Miss Williams weithiau? Bachgen bach nith i chi, yntê?'

Ond roedd llygaid Megan arnaf i yr eiliad honno, a rhywsut yng ngwres y gegin mi es i deimlo'n benysgafn. Sut medrwn i ei thwyllo? Fedrwn i wneud dim. Mae'n rhaid fod Megan wedi sylwi.

'Dewch i eistedd, Miss Williams,' a symudodd i wneud lle i mi wrth y bwrdd.

'Paned,' meddai gan wneud arwydd ar i Gwenni symud.

'Tyrd at y tân, ddoi di, Arthur?' meddai wedyn, a daeth Arthur i eistedd ar y stôl fach wrth y pentan.

Rhyfedd ydy plant, mae'n rhaid bod gan Arthur rhyw synnwyr arall, naill ai hynny neu ei fod wedi arfer cymaint yng nghwmni oedolion. Wnaeth y bychan ddim symud na swnian, dim ond eistedd yno'n syllu i'r tân. Safai Megan ar lawr y gegin yn llonydd, yn ei wylio, ei dwylo'n plethu a dad-blethu ymylon ei brat. Gallwn weld na fedrai dynnu ei llygaid oddi ar ei wyneb, a does dim geiriau rhywfodd i ddisgrifio'r olwg ar ei hwyneb, ond yr eiliad honno gwyddwn ei bod wedi deall. Yna'n sydyn disgynnodd ar ei dau benglin o'i flaen, rhoddodd ei dwy law un o bopty ei wyneb bach a rhoi cusan iddo ar ei dalcen. Sut na fedrai ddeall pwy ydoedd? Doedd dim modd ei wadu.

Daeth Gwenni trwodd o'r cefn gyda'r hambwrdd a'i roi ar y bwrdd.

'Rhaid i mi beidio â'i ddychryn,' meddai Megan wedyn a chodi. Ceisiodd fynd trwodd i'r cefn ond arhosodd am funud i wynebu Gwenni, ond ddaeth y geiriau ddim. Trodd yn ei hôl ataf.

'Dywedwch wrth Ifor y byddai'n well iddo ddod i lawr yma fory, wnewch chi?' meddai cyn mynd allan trwy ddrws y cefn.

26

2019

Dwi'n eu clywed nhw'n sibrwd. Yn y gegin maen nhw, yn ceisio penderfynu beth ddylen nhw wneud efo fi, debyg iawn. Does gen i ddim poen o gwbl. Dwi'n trio dweud hynny wrthyn nhw. Does dim angen gwneud dim efo mi, dim ond fy ngadael i yma.

'Ydach chi'n siŵr nad ydach chi mewn poen, Olwen?' Bert sy'n symud o un ochr i'r gadair i'r llall, mae o fel ceiliog y rhedyn, dim ond 'mod i'n gallu ei weld o.

'Nain.' Beca sydd yna rŵan, ynteu Eirlys ydy hi? Na, Beca, fasa Eirlys ddim yn fy ngalw'n Nain, siŵr. Dwi'n medru bod yn wirion weithiau. Bert wnaeth fy nrysu fi, meddwl 'mod i'n ôl efo Eirlys a Bert, ond mae Eirlys wedi mynd, yn tydy? Wedi mynd o fy mlaen i. Nid felly mae pethau i fod.

'Nain?' meddai Beca wedyn. 'Ydach chi'n effro?'

Wrth gwrs 'mod i'n effro, dwi bob amser yn effro achos maen nhw'n cadw gymaint o sŵn a helynt, yn symud y dodrefn rownd a rownd ac yn dod â rhyw fwyd i mi'n dragwyddol.

'Disgyn wnaethoch chi, yntê?'

Naddo, dwi ddim yn meddwl i mi ddisgyn, ond wna i ddim mynd i daeru efo nhw chwaith. Tydy hi ddim yn lles taeru efo pobl pan rydach chi fy oed i, dyna dwi wedi ffeindio, beth bynnag. Mi roeddwn i'n arfer bod yn reit siŵr o'n siwrna, ond dwi wedi ffeindio 'mod i'n meddwl weithiau 'mod i'n iawn, ond wedyn dwi'n cael fy mhrofi'n anghywir, a dwi'n colli fy hyder rywsut. Dwi ddim yn siŵr beth sy'n iawn a beth sydd ddim yn iawn erbyn hyn.

Er dwi yn gwybod bod rhai pethau ddim yn iawn, wrth gwrs.

Trwy'r ffenestr mi fedra i wylio'r haid yna sy'n mynd i'r môr i nofio bob dydd. Nofio gwyllt ydy o, meddai Beca, dyna be mae hi'n galw mynd i'r môr ar fore dydd Sul ym mis Rhagfyr. Mae gan rai ohonyn nhw siwtia arbennig, ond y lleill, mi wela i nhw o fan hyn ac yn y gaea mae eu crwyn nhw'n goch, a'r heli'n chwipio. Rhyfedd iddyn nhw wisgo capiau gwlân – fues i erioed yn ymdrochi â chap gwlân am fy mhen. Mi daerith Beca fod ymdrochi'n ei thawelu hi. A dyna fi wedi cofio, ymdrochi oeddan ni, nid nofio gwyllt. Mae hi'n iawn, mae'n debyg, ond dda gen i mo ddŵr. Gall nofio a dŵr fod yn wyllt neu'n ddof, am wn i – dibynnu arnoch chi mae hynny. Heblaw am ddŵr y môr wrth reswm, mae hwnnw'n gallu bod yn ddof fel oen swci, neu'n wyllt fel buwch wedi rhusio.

'Paid ti â mynd i'r hen fôr yna heddiw, Beca.' Ond dydy hi ddim yma rŵan eto.

Weithiau mae'r tonnau'n rhuthro, yn hel am ddialedd, yn curo wal y prom ac yn lluchio cerrig i'r ffordd lan môr.

'Dwi'n iawn, Nain,' fyddai hi'n ddweud, ond fydd hi ddim yn iawn os mentrith hi i'r môr a hwnnw fel buwch wyllt, yn na fydd? Ond waeth i mi heb.

Mae Beca'n mynnu fod y dŵr oer ar ei chroen yn gwneud lles ar ôl wythnos yn yr ysgol. Mae'n rhaid nad ydy ysgolion be oeddan nhw. Fu dim rhaid i mi fynd i drochi ar fore Sul i'm cael yn barod am yr wythnos o'm blaen pan oeddwn i'n dysgu. Ond tydy plant ddim fel buon nhw, debyg iawn. Maen nhw'n gallach pethau'r oes yma. Gobeithio 'mod i'n iawn ac mai dyna pam nad ydy bod yn athrawes yn hawdd rŵan. Mae pobl ifanc yn fwy parod i gwestiynu pethau, yn lle llyncu pob dim fel lloeau.

Neu mae oedolion yn gallach pethau, wrth gwrs, yn llai parod i farnu, yn derbyn gwahaniaethau yn lle trio mowldio pawb i ryw syniad o sut mae pethau i fod. Dwi'n meddwl bod Beca'n gwneud gwaith da yn yr ysgol yna. Weithiau dwi'n pitïo dros bobl ifanc yr oes yma achos does yna ddim llawer o ddim ar ôl iddyn nhw wneud i roi sgeg i ni, i beri i athrawon, rhieni a hen bobl gysetlyd fynd i sioc.

Mae Beca wedi gwrando, mae'n rhaid, achos does yna neb ar y traeth heddiw. Dim ond gwylanod yn trio dal yn erbyn y gwynt.

'Beca.' Dwi'n galw ond dydy hi ddim yma.

Ceri ddaw ata i.

'O ble doist ti rŵan, Ceri?'

'O'r gegin, yntê, Nain, dyna lle ydw i bob dydd, yntê?'

'Ia?'

'Ia, fan'no dwi'n gweithio, yntê? Ydach chi ddim yn cofio?'

Mae gen i ryw go ei bod yn gwneud llanast yn y gegin, a bod y peiriant gwnïo yng nghanol y bwrdd a defnyddiau hyd y lle ymhob man.

'Fasach chi'n licio mynd am dro bach, Nain?'

'Fedra i ddim, sti.'

'Pam?'

'Rhaid i mi wylio rhag ofn i rywun fentro i'r môr yna heddiw. Mae hi'n beryg bywyd, yli.'

Ond mae Ceri yn nôl fy nghôt – rydan ni'n mynd i rywle felly. Ac mae hi'n iawn. Mae yna bobl eraill wnaiff ofalu nad aiff pobl i'r môr, mae'n rhaid. Miss Robertson ella?

Wela i ddim golwg ohoni chwaith, ond hi wnaeth rwystro

Mam rhag mynd i'r môr. Hel y dillad yn dwmpath a lapio Mam mewn blanced, a mynd â hi wedyn i fyw atyn nhw – Miss Robertson a Miss Coulson. Mi gafodd waith yn yr ysgol roeddan nhw'n ei chadw, helpu yn y gegin a gofalu am y disgyblion ac ati. Fynnai Mam ddim clywed yr un gair croes am yr un o'r ddwy, er fod pobl yn gallu dweud pethau digon ffiaidd, roedd rhai â'u llach ar ferched fel nhw 'radag honno. Ond pobl oedd heb ddeall yn iawn be ydy cariad fyddai'n cadw sŵn. Fydda i'n amal yn meddwl be sy'n gwneud i bobl fod yn ddi-ddallt, a gwragedd lawer iawn, y rhyw deg. Mi fasa rhywun yn meddwl, wedi'r holl frwydro y bu raid iddyn nhw wneud, y byddai gwragedd yn gweld pethau'n gliriach. Ond mae yna rywbeth mewn pobl – nid merched yn unig – sydd yn casáu gweld eraill yn llwyddo, heb fod yn fodlon gweld bodlonrwydd mewn eraill, yn gwrthod trio deall pobl oedd yn mynnu codi uwchlaw budreddi bywyd. Mae yna ryw gythraul mewn pobl i dynnu eu cyd-ddyn i lawr o hyd, mae'n debyg. Ond nid rhai felly oedd y ddwy athrawes – tosturi a thrugaredd gafodd Mam efo nhw, ac amser i fendio a chryfhau, nes iddi fod yn barod.

'Eith neb i'r môr heddiw, Nain, gormod o wynt.'

'Ydy, ond mi aeth Mam, sti.' Mae Ceri'n sbio arna i am funud ac yna'n ysgwyd ei phen, mae hi'n meddwl 'mod i'n ffwndro. Mi wn i. Taswn i ond yn medru cadw fy meddwl yn glir am funud i ddweud yr hanes yn iawn. 'Ond troi yn ei hôl wnaeth hi, a wedyn ddoth Miss Robertson a mynd â hi. Wyddai neb lle'r oedd hi am sbel. Pawb yn meddwl ei bod hi wedi mynd am byth, wel'di. Ond yn ei hôl doth hi, a diolch am hynny am wn i, neu faswn i ddim yma.'

Dyna fi wedi dweud, ond dydw i ddim yn meddwl fod Ceri yn fy nghymryd o ddifri chwaith.

Daw i gydio yn fy mraich a'm hebrwng i'r car. Mae hi'n rhoi fy ffon yn y cefn ac yn cau'r drws arna i.

Mae'n ddiwrnod braf i fynd am dro, yn y car, wrth reswm. Fedrwn i gerdded fawr. Ond mae'r gwynt yn dal i chwythu'r ewyn yn wyn dros wal y prom.

'I le rydan ni'n mynd, Ceri?'

'Rhaid i chi drio dyfalu.'

Fedra i ddim meddwl lle'r ydan ni, dim ond bod y môr ar fy ochr i o'r ffordd, a'r trên yn mynd y ffordd groes. Mi wela i drwyn Llŷn dros y bae, ac mae'r dŵr yn rhusio dros y sarn.

Mae'r car yn mynd yn rhy gyflym a dwi'n methu gweld o fy nghwmpas yn iawn.

'Ti'n gyrru, Ceri.'

Dydw i ddim yn siŵr ydy Ceri'n clywed, achos dydy hi'n dweud dim, ond mi faswn i'n taeru ei bod hi'n gwenu. Ella bod ganddi hi rai o'r pethau yna yn ei chlustiau. Felly dwi'n codi fy llais:

'CERI, paid â gyrru.'

Mae hi'n brecio'n sydyn ac mae yna sŵn canu corn o'r tu ôl i ni yn rhywle, ac mae yna gar coch yn tynnu un o'r moto-beics dŵr yna'n rhuthro heibio i ni, ac mae'r dyn yn y sêt tu blaen yn codi bysedd arnon ni, ond nid mewn ffordd glên.

'NAIN! Peidiwch â gneud hynna,' meddai Ceri a mi regodd hefyd, dwi'n amau. Mae hi'n edrych arna i fel mai arna i oedd y bai bod y car coch yna'n flin. Sgen i ddim byd i ddweud wrth bobl ceir coch sy'n tynnu moto-beics dŵr, beth bynnag.

'Twat!' meddai Ceri, a dwi'n cytuno.

Rydan ni'n troi rŵan oddi ar y ffordd fawr ac yn mynd am i fyny. Dwi'n meddwl 'mod i'n nabod ambell beth ar hyd y ffordd – yr ysgol, a lle bu'r felin, Pentre Gwynfryn a'r siop. Yna dros afon Artro, lle bu Artro Cottage unwaith, ac i fyny'r allt.

'Dyma ni, Nain.'

Mae Ceri'n cydio'n dynn yndda i achos mae'r gwynt yn gryf yma hefyd, a'r dail yn cael eu troi tu chwith. Fory mi aiff Mam a finnau i Goed Garth Goch i chwilio am goed tân, ac mi fydd yn siŵr o ddweud hanes Gwenni a hithau'n mynd i chwilio am dylwyth teg rhwng y cerrig yn fama.

Rydan ni o flaen drws y capel ac mae Ceri'n troi'r dwrn, ac mae'n agor yn rhyfeddol. Mae hi'n fy helpu fi i godi 'nhraed dros y stepan, ac yna mae hi'n cau'r drws rhag y gwynt. Mae hi'n oer yma, ac ogla pridd a thamprwydd yn dod i'm ffroena i, yn union fel yr ogla pan fydden ni'n hel coed tân.

'Fuoch chi yma o'r blaen, Nain?'

'Do, lawer gwaith efo Gwenni. Wyddost ti ei bod hi wedi siarad rhyw dro efo Vosper ei hun? Cofio hi'n deud.'

Ond mae Ceri wedi mynd i fyny'r stepiau ac yn tynnu lluniau efo'r ffôn, yn plygu i gael ongl y ffenestr, y pulpud, y sêt lle bu Rhobat Williams a'i ben ar osgo. A fan hyn, lle dwi'n sefyll. Ar ei ffordd o'r capel oedd Siân Owen hefyd, a'r drws o'i blaen hi, felly dwi'n meddwl beth bynnag. Wedi cael digon ar yr oerfel yn treiddio i'w hesgyrn hi, mi roedd hithau'n hen wraig fel finnau. Eisiau mynd adra i gael ei the oedd hithau, i gael llonydd.

'Gawn ni fynd adra rŵan?'

'Cei, siŵr,' meddai hi. Ai Gwenni sydd efo fi? Mae hi'n gafael yn fy llaw i, ac yn cau drws Salem Cefncymerau ar ein holau.

27

1912

'Doedd Neta ddim yn barod, Ifor, i ti dorri'r newydd, a fedret ti ddim torri dy addewid iddi, roedd hi wedi bod trwy ormod yn barod.'

Mae golwg mor drallodus arno rywfodd, ei wyneb yn ei ddwylo, ei wedd yn welw. Mae'n cosbi ei hun, fel bob amser, am y cam mae'n gwybod iddo ei wneud â Megan, ei wraig. A fedraf innau mo'i gysuro. A beth am Gwenni? A gawn i faddeuant o gwbl am ei thwyllo hi a gadael iddi yn ei galar?

Dim ond Arthur sy'n ei lusgo o'i feddyliau.

'Ddowch chi i chwarae bugeilio efo fi?'

Ac mae'r ddau yn mynd allan i ben y bryn am ychydig i fwydo'r defaid cerrig a'u hel i lawr o'r llethrau dychmygol cyn i'r rhewynt droi'r niwl yn eira a lluwchio ar hyd y topia. Mae'r gwynt yn ddeifiol oer heddiw. Fyddan nhw ddim allan yn hir. Ac mae'n rhaid i ni fynd, fel y medrwn ddod yn ein holau, gobeithio, cyn iddi nosi.

Mi gysidrais ddigon a ddyliwn i fynd neu ai aros adra fyddai orau i mi. Ceisiwn feddwl mai rheswm cywir, gonest oedd i'm penderfyniad – dylwn fod yno'n gefn i Ifor. Ond mewn gwirionedd mi wn mai hunanol oedd fy mwriad. Ni fedrwn yn fy myw â dioddef gweld ei gefn yn mynd ymhellach, bellach oddi wrthyf, heb wybod yn sicr y byddai'n dychwelyd yn ôl i fyny'r allt am y tŷ cyn nos. Byddai'r oriau o aros, a'r siom, efallai, na ddychwelai yn ormod i mi eu dioddef. Gwell fyddai gennyf i mi wybod fy nhynged yn syth.

Rhyfedd mor llonydd y gall yr wyneb aros, a holl gynnwrf meddyliau'n gwibio fel silidón dan wyneb y dŵr. Ar ein ffordd fe ddaethon i gwfwr Rhobat Williams Caermeddyg, hen ffrind triw i Ifor, mi wn. Ond ni wnaeth dim o'r terfysg mewnol y gwyddwn oedd yn blino Ifor yr eiliad honno ddod i'r wyneb.

'Sut ydach chi i gyd, Ifor? Miss Williams?' Nodiodd i'm cydnabod. A nodiais yn ôl. Anaml iawn y byddwn yn cael fy nghydnabod gan bobl yr ardal, a chadwn fy mhellter oherwydd hynny. Gwyddwn nad oeddwn yn esgyn i'r safonau moesol hynny oedd yn ddisgwyliadwy yma, ar yr wyneb o leiaf.

'Rydan ni'n burion diolch i ti, Rhobat, a chitha i gyd?'

'Glywest ti fod y pictiwr wedi ei werthu, Ifor?'

'Pictiwr?'

Chwarddodd Rhobat Williams, a chwifio ei law fel tasa'n cael gwared â phryfyn oedd yn ei boeni.

'Ia, ti sy'n iawn, Ifor, gadel iddo fynd yn angof ddyliwn inna. Mymryn o falchder fu'r pictiwr i bobol Cefncymerau, siŵr iawn. Gyda lwc ddaw'r darlun ddim i weld fawr o olau dydd siawns.'

'O! Y darlun wrth gwrs. Pwy sydd wedi ei brynu, felly?'

'Dyn gneud sebon wel'di!' meddai'r hen ŵr a chwerthin. 'Rydan ni i gyd ym meddiant dyn gneud sebon.'

Cyffyrddodd flaen ei gap a gadael i'r ferlen symud yn ei blaen.

Doedd fawr o neb i'w weld hyd y stryd wrth i ni glymu'r ferlen yng nghefn y Ring. Pawb yn swatio rhag y tywydd oer. Byddai'r trên yn cyrraedd Pensarn ymhen yr awr a byddai'r stryd yn llenwi eto gyda'r mynd a'r dod. Rhai'n dod adra dros y gwyliau, eraill yn brysio i gael eu ceiliogod, gwyddau, wyau a menyn yn barod i'w danfon at berthnasau ar ben arall y trac. Roedd gen i fy mhac yn barod. Gallwn ddal y trên i rywle, cysidrwn. Gadewais y carpet bag o dan y ganfas yng nghefn y trap. Roedd gen i ddigon o amser i gerdded draw at yr Holt i Bensarn, petai raid.

Daeth Gwenni i'r drws, a gadawodd Ifor i mi fynd i mewn gyntaf ac Arthur yn fy llaw.

'Ddoi di i weld be sy gen i yn y parlwr, Arthur?' meddai Gwenni. Wyddwn i ddim a ddyliwn i fynd trwodd i'r gegin, neu eu dilyn nhw i'r parlwr gorau, felly arhosais am ennyd rhwng y ddwy stafell yn y pasej, ond ddaeth Megan ddim i'm cyfarch, ac aeth Ifor trwodd i'r gegin a chaewyd y drws ar ei ôl.

Gallwn glywed Gwenni ac Arthur yn sgwrsio, am funud. Efallai mai dyna'r arwydd y dylwn adael. Doedd wnelo fi ddim â'r teulu hwn, roeddwn i fel tresbaswr yma, yn gwthio fy nhrwyn lle nad oedd hawl gen i fod. Dylwn fynd tra medrwn, a gallwn fynd heb wybod a ddeuai Ifor yn ei ôl ataf. Ffordd y llwfr, mae'n debyg. Ond gwyddwn hynny eisoes fod llwfrdra yn brifo llai. Trois am y drws a'i agor.

Brysiais i nôl fy mag a throi am Sarn Hir. Gallwn ddod o hyd i stafell am y noson yn lled ddidrafferth – roedd gen i arian.

Roedd y golau'n dechrau gwanio'n barod, ond byddwn wedi cyrraedd Pensarn cyn i'r caddug fy llyncu. Codais y bag o gefn y trap, a chymryd y llwybr hyd gefnau'r tai. Cododd ambell un ei gap arnaf, heb fy nabod mae'n bur debyg. Trwy ffenestri'r tai gallwn weld hwn a'r llall yn codi'r tân, yn plygu dillad yn barod i'w smwddio. Pawb â'i orchwyl fach ei hun.

Ac yna meddyliais am Neta. Y llawenydd o ddeall ei bod yn fyw, a bod ganddi blentyn, Arthur bach. Sut byddai Megan yn dygymod â'r newydd tybed? A fyddai'n barod ei maddeuant? Wyddwn i ddim am Megan, ond roeddwn i'n adnabod Gwenni.

★

Cael ymweliad wnaethon ni gan Miss Robertson un diwrnod, rai misoedd wedi i Neta ddiflannu. Y boen a'r annhegwch yn parhau i lorio Ifor. Ni allai ddygymod â'r rhagrith o'i amgylch, a gwyddwn na fedrai ailddechrau byw gyda Megan, er ei euogrwydd. Roedd wedi bod droeon ar daith i Landudno, a byddwn i'n mynd gydag o ambell waith, i geisio deall. Roedd arno eisiau gweld lle y bu iddi ddiflannu, eisiau wynebu'r rhai fu mor galon-galed tuag ati. Bron nad oedd yn poenydio ei hun, fel petai hynny'n gwneud y boen a ddioddefodd Neta'n llai. Roedd eisiau dioddef fel ag y gwnaeth hi ddioddef. Ac eto ni ddaeth corff i'r lan.

'Fel yna mae pethau weithiau,' meddai'r heddwas hwnnw, a minnau eisiau rhoi fy nwylo dros glustiau Ifor, rhag iddo glywed y geiriau di-hid. 'Weithiau fe daflith y môr ei gyfrinachau yn ôl ar draeth yn rhywle. Ac weithiau welwn ni byth mohonyn nhw eto.'

Ond yna daeth Miss Robertson i fyny ar ei beic. Roedd hi'n noson braf, a hithau wedi dod yn union oddi ar y trên gyda nodyn yn ei llaw.

'I believe you have a daughter,' meddai, ei llygaid tywyll yn dweud dim. A ninnau'n gwanio.

'Gwenni?'

'No, her name is Agnes, Neta?'

★

Mae cariwr yn mynd heibio i mi, ac mae'n gwasgu arnaf braidd a'm gyrru i ochr y ffordd, nes i mi drochi fy nhraed ac ymyl fy sgert. Rhaid i mi wylio, ni welan nhw fi'n eglur a minnau wedi rhoi fy nghlogyn trwm dros fy ysgwyddau rhag y glaw

Daeth y tywyllwch yn gynt yn sgil y gawod o'r môr. Mae'r trên yno, a'r stêm yn gymysg â'r diferion. Mae'r wagenni'n aros a'r ceffylau'n anesmwytho. Does fawr o neb am fynd oddi yma heno, mae'n rhaid, neb ar y platfform yn aros. Mae'r giard yn fy nghyfarch, ac yn pwyntio at y troliau sy'n cael eu dadlwytho. Rhaid aros, mae'n debyg, i'r rheiny fynd o'r ffordd cyn y caf fynediad. Yna mae'n rhoi arwydd arnaf i esgyn i'r cerbyd. Ond rhywsut fedra i ddim cael fy nghoesau i symud. Mae'n seinio'r chwiban eto, fel tasai'n flin braidd am i mi wastraffu ei anadl. Mae'n mynd at y drysau ac yn eu cau'n swnllyd. Yna neidia yntau ar y stepan a diflannu i ganol y stêm.

Yna codaf a mynd yn fy ôl i'r ffordd. Mae'n ddychryn o dywyll, ond mae merlen a thrap yno'n aros, y ferlen yn chwythu'n ysgafn.

'Mi welodd William ti ar y ffordd, Edith.' Ifor sydd yno, ac mae'n rhoi ei law i mi esgyn i'r drol.

'Awn ni adra?' mae'n gofyn.

Ac rydw i'n eistedd wrth ei ymyl. Mae gynnon ni daith hir, a'r glaw'n siŵr o droi'n eira ar hyd y topia.

Rhai o lyfrau eraill yr awdur:

yLolfa

PWYTH
HAF LLEWELYN

£8.99

Haf Llewelyn

y traeth

'Mae'r gorffennol, fel y môr, yn symud ac yn anadlu yn y nofel afaelgar hon.' Menna Baines

y Lolfa

£8.99

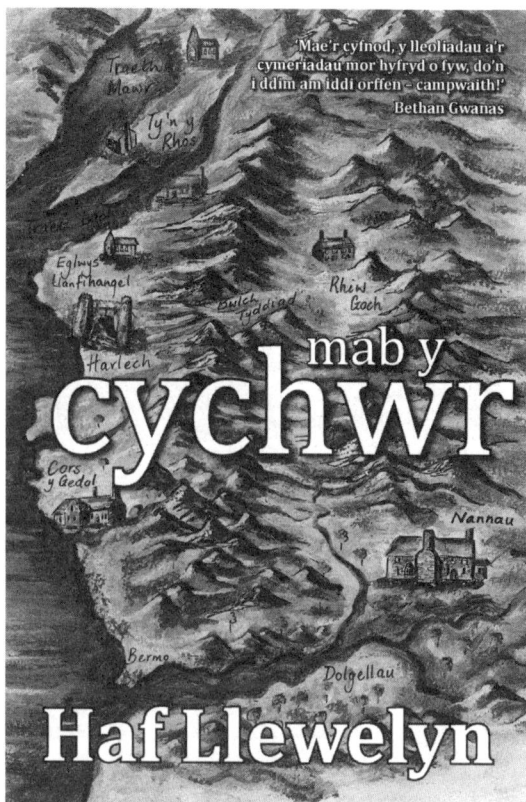

'Mae'r cyfnod, y lleoliadau a'r cymeriadau mor hyfryd o fyw, do'n i ddim am iddi orffen – campwaith!'
Bethan Gwanas

mab y cychwr

Haf Llewelyn

£7.95

"Mi gydiodd ynof fi – a gwrthod gollwng."
Bethan Gwanas

yLolfA

Haf Llewelyn
y graig

£8.99

HAF LLEWELYN

Diffodd
y Sêr

HANES HEDD WYN

yl Lolfa

£6.99

Holwch am bris argraffu!
www.ylolfa.com